Cotidiano

Cotidiano

Mariana Travacio

Tradução de
Bruno Ribeiro

© Editora Moinhos, 2019.
© Mariana Travacio, 2019.

Obra editada no âmbito do Programa "Sur" de Apoio às Traduções do Ministério das Relações Exteriores e Culto da República Argentina.

Edição Camila Araujo & Nathan Matos
Assistente Editorial Sérgio Ricardo
Revisão, Diagramação e Projeto Gráfico LiteraturaBr Editorial
Capa Sérgio Ricardo
Tradução Bruno Ribeiro

Dados Internacionais de Catalogação na Publicação (CIP) de acordo com ISBD

T779c
Travacio, Mariana
Cotidiano / Mariana Travacio; traduzido por Bruno Ribeiro.
Belo Horizonte, MG : Moinhos, 2019.
106 p. ; 14cm x 21cm.
ISBN: 978-65-5026-030-9
1. Literatura argentina. 2. Contos. I. Ribeiro, Bruno. II. Título.

2019-1793
CDD 868.9932
CDU 821.134.2(82)

Elaborado por Vagner Rodolfo da Silva – CRB-8/9410

Índice para catálogo sistemático:
1. Literatura argentina 868.9932
2. Literatura argentina 821.134.2(82)

Todos os direitos desta edição reservados à Editora Moinhos
www.editoramoinhos.com.br
contato@editoramoinhos.com.br
Facebook.com/EditoraMoinhos
Twitter.com/EditoraMoinhos
Instagram.com/EditoraMoinhos

Sumário

Semana Santa	9
Trajetórias	14
Manuela	18
Bleu, blanc, rouge	24
Construção	34
Ninguém ali	54
Matem os pombinhos	57
Fendas	62
O último diário de Ofelia Ortiz	70
Rapsódia silenciosa	85
Caminhada	99

Eu faço isso em uma ausência hostil enquanto cada antigo, pétreo minuto da estação do amor abriga minha língua ancorada.
Dylan Thomas

Semana Santa

Era Semana Santa. Vamos fazer alguma coisa, ele disse, e aceitei. Devia ter dito que não, nunca gostei do interior.

Na verdade, há cidades interioranas que eu gosto: as que não têm pretensões, as que vivem de portas fechadas, como se o exterior não importasse ou como se o tempo não existisse.

Não gosto das interioranas que querem ser cidade grande: as que assumem suas formas de arranha-céus, contendo aquilo que corrompe ou que nunca descansa, de onde não tem retorno. Esta cidade interiorana é assim: tem dois ou três arranha-céus que vigiam as casas menores que em breve deixarão de existir: as pessoas começam a se confundir entre o que isso era e o que isso será. Neste tipo de lugares, as pessoas andam como se estivessem embriagadas: de falsas festas, de puro barulho, sem rumo. Nada trazem os arranha-céus consigo, ainda que eles não saibam e os festejem em suas vigílias sem fim, como se quisessem presenciar esse futuro que vem desenterrar com seus resplendores a opacidade segura dos destinos agora perdidos, porque eles já não têm nome, são apenas despojos, sem identidade; restos que se derrubam sozinhos, debilitados entre esse passado pouca coisa e este presente puro nada.

Saímos tarde de casa, apressados, porque não queríamos chegar à noite. Devia ter dito: melhor ficarmos, está tarde. Mas não disse nada.

Chegamos de noite e ficamos em um quarto úmido e caro onde ninguém nos esperava. Dormimos respirando o cheiro rançoso dos lugares abandonados. Devia ter dito: vamos buscar outro hotel, ainda que estejamos cansados. Mas fiquei em silêncio. Suponho que vinha me comportando como um cachorro adestrado.

Foi ontem à noite.

Pedro queria ir a La Aldaba, alguém o recomendou quando passeávamos pelo porto. Eu disse que não queria, que devia ser um lugar espantoso. Na verdade, não podia saber, mas tudo indicava que seria: a rua se estreitando à medida que avançávamos, a luz maçante abafando as calçadas de lixos espalhados, esses bêbados na esquina, empurrando-se entre ruídos de vidros despedaçando nos paralelepípedos mal asfaltados e apenas a lua prevendo o nosso caminho.

E ele, como se nada estivesse acontecendo:

– Vamos, tomamos umas cervejas e voltamos.

E eu:

– Está escuro, Pedro. É sério?

E Pedro:

– Sim, querida, fica tranquila, me disseram que lá é ótimo.

Eu caminhava atrás dele, para que não visse meu desalento, mas o continuava seguindo, para não discutir, por hábito, ou porque sim.

Devia ter dito que não queria, que não viéssemos para essa cidadezinha que não é mais uma cidadezinha. Mas também não. Só concordei, ou consenti, como se estivesse contente, ainda que não estivesse.

Eu disse:

– Vamos voltar, está escuro, há bêbados no meio da rua.

E ele:

– Você tá doida, tem nenhum bêbado aqui, só gente da cidade.

E eu, em minhas entranhas: isso não é uma cidadezinha, tá apodrecendo, aqui não tem gente do interior, sabendo disso, mas ficando muda, para não discutir.

Entramos. A La Aldaba. Ele eufórico. Eu atrás. Eram oito ou dez mesas de madeira. E umas cadeiras também de madeira. Cheirava a cigarro e a álcool. A música conseguia esconder as vozes. Depois vinha a cortina. Verde, como de algodão, ou de veludo drapeado; verde azeitona. E umas mesas de sinuca: umas cinco ou seis, todas ocupadas, e uns ventiladores pendurados no teto que moviam devagar a fumaça densa, que oferecia certa resistência, entre o cheiro de álcool barato e as risadas falsas, fortes, insuportáveis, que se misturavam com a música e com algum grito de alegria, ou de rancor, que saía das mesas de sinuca. E outra cortina, vermelha, pesada, que separava a sinuca das mesas de pôquer.

E Pedro:
– Pode jogar?
E o homem:
– São 100 pesos para entrar e a ficha custa cinco.
E Pedro:
– Perfeito.
E eu, pensando:
– Vai se meter em problemas de novo.
E dizendo:
– É sério?
E Pedro:
– Sim, querida, fica tranquila, hoje é a minha noite de sorte.
E eu, odiando-me, juntando coragem:
– E eu faço o quê?
E Pedro, como se se importasse:
– Toma alguma coisa, não demoro.

Ainda o vejo me dando tchau e sentando. Ele coloca o dinheiro na mesa: entregam as fichas a ele. Enquanto volto para a cortina vermelha, que dá para a sinuca, me viro só para ver se ele me nota, mas não o faz: já está com eles. Sigo até a primeira sinuca: dois homens jogavam. Não havia mulheres. Sentei no balcão e pedi uma cerveja. Fiquei olhando por um tempo: as sinucas, esses homens, os ruídos, a fumaça; senti-me observada. Perguntei ao garçom se podia sentar numa mesa com a minha cerveja, longe da sinuca, longe do pôquer. Ele disse que, estritamente, não poderia me deixar ir. Mas levantou um olho e cabeceou: que sim, que passe pela cortina e volte pra lá. Fez um sinal para alguém: entendi que diziam que meu marido jogava pôquer, que eu precisava me distrair, mas pode ter sido qualquer outra coisa: seja como for, peguei minha cerveja e cruzei a cortina, busquei uma mesa que me amparasse, que fosse menos sórdida, ainda que todas fossem similares. Sentei-me em uma que dava para a rua, Pedro não teria gostado, mas eu não suportava olhar para dentro: preferi cravar meus olhos nos paralelepípedos mal asfaltados, nas motos estacionadas na porta e no silêncio, porque já não havia mais nada lá fora. Tudo era pra dentro. Lá fora só tinha noite.

Devo ter ficado meia hora com minha cerveja, reprovando os paralelepípedos, censurando as motos, condenando-me, até que entraram duas mulheres, ébrias, calças pretas, a gargalhadas, blusinhas de cetim, gritando, saltos agulha, lábios carmim, e sentaram-se à mesa de trás, pediram uísque e seguiram gargalhando, perfumadas, enquanto eu as escutava sem entender bem o que falavam, então chegou esse homem, com regata branca, mal barbeado, e se sentou com elas. Tinha algo nele, suponho, porque virei o meu corpo e o olhei e ele me olhou; terminou de cumprimentá-las e voltou-se a minha mesa. Creio que foi seu sorriso. Ou sua regata. Ou sua barba de anteontem. Algo disso, porque me pediu licença e não pude dizer que não. Convidou-me a tomar uma cerveja ou o que eu quisesse: sentou-se comigo. E não foi a cerveja, nem o licor. Mas foi algo: algo que eu disse ou que ele perguntou.

O chamavam de Zeus. Assim se apresentou, enquanto as mulheres seguiam perfumadas, na mesa de trás, mas menos estrondosas, ou mais silenciosas, acaso surpreendidas, tentando escutar.

Mas Zeus sentou-se ao meu lado, de costas para elas, e me sussurrava e duvido que elas escutassem algo.

Talvez sentiram ciúmes. Não sei.

Passou uma hora, talvez duas. Um longo tempo, porque Zeus me perguntava sobre as coisas que eu gostava, por minha vida. E eu falava. Talvez a cerveja. Ou o licor. Eu falava, entre sussurros, e ele me escutava como se fosse só um ouvido.

Não sei o que foi: talvez a noite, ou os paralelepípedos e as motos que refletiam um pouco da lua. Ou Zeus, que seguia me escutando. E que falta me fazia, porque comecei a falar. E lhe disse: que eu odiava ele, que estava do outro lado, jogando pôquer, e que era minha culpa, porque nunca dizia nada, por medo, por hábito ou para não discutir.

Não sei se foi o uísque ou se já estava cansada das regatas ou dos lábios de carmim.

Sei que foi ontem à noite: Pedro afastou a cortina verde quando Zeus me beijava e eu não podia dizer que não.

Trajetórias

7h30: Você saboreia, devagar, o café, enquanto tua mulher pergunta de que horas você volta, e você escuta, vagamente, que teu filho está reclamando, pois não quer ir à escola Você responde, meio sonolento, que volta às sete, caso Ortiz não se atrase. Dá um beijo em tua esposa, na testa, enquanto olha o relógio e balbucia que já está na hora. Se despede dela, te ligo mais tarde, amor, enquanto ela dá um beijo em Felipe, e um abraço, e deseja que ele se divirta, hoje, na escola.

7h30: Te empurram, por trás, você recebe duas cotoveladas, levanta o queixo e te fazem descer, a bordoadas, do trem. Você sai, junto da manada, passinhos curtos, à plataforma. Recobra o equilíbrio e acelera, as dozes quadras, até a obra. Vocês precisam terminar hoje, sem falta, o piso 11. São vinte caixas, de pisos grandes, e você promete que hoje, ainda que precisem ficar, concluirão com isso.

7h38: Você coloca Felipe na cadeirinha do carro, e tenta apertar o cinto de segurança, enquanto escuta ele reclamando, um pouco, não muito, nessa coreografia cotidiana que vocês já sabem de cor. Então promete que de noite vai trazer um doce para ele, e ele te deixa, com esse sorrisinho, apertar o cinto. Você entra no carro e acelera, apressado, rumo à escola.

7h38: Você entra na obra, o gordo Ramírez te cumprimenta e te pergunta, zombando, se de noite Leticia te tratou bem. Você não responde e apressa o passo, rumo ao piso 11, enquanto escuta, pelas costas, o riso do gordo Ramírez que se amortiza, em teus ouvidos, enquanto você sobe, acelerado, a tomar esse café que sempre toma antes de começar.

7h55: Você se lembra da reunião de hoje, com Ortiz, e repassa, na tua cabeça, os argumentos que rabiscou na noite anterior, porque quer, a todo custo, que ele assine esse crédito; você pensa que tudo pode sair bem, e isso te arranca um sorriso, que te acorda do letargo, e te permite frear, justo a tempo, antes que você pegue esse buraco no asfalto.

7h55: Hoje você tem que trabalhar com Juancho, ao lado da varanda. Mostram as caixas de pisos e o amolador para vocês. Dizem para começar pela esquerda, fazendo, com esmero, o xadrez: um piso branco, um preto. Os pisos são grandes, explica o capataz, mas já não temos tempo de trocá-los. Vamos cortá-los. São de quarenta por quarenta, nós os queremos de trinta, você escuta, distraído, as instruções, enquanto se perde na boca de Leticia e em seus olhos negros e em suas pernas de ontem jurando que ela vai ficar com você.

8h01: Você chega na barreira de Pampa, como sempre chega, enquanto aumenta o volume do som, porque Felipe gosta dessa música. Cantam juntos, o refrão, porque Felipe gosta quando você canta com ele. Depois a barreira se levanta e um carro acelera, te impedindo de passar, enquanto você segura o palavrão, e a garoa segue, fininha, sobre o asfalto.

8h01: Você fica contra a janela cortando os pisos, como pediu Juancho, e está trabalhando nisso, medindo, pegando o amolador, cortando, enquanto volta a se perder na voz de Leticia, sussurrando que vai largar Tano, prometendo que vai ficar com você, tantos anos esperando e agora tá pra dar certo, e um sorriso escapa da tua boca, enquanto corta um piso e o entrega a Juancho, para que comece a colar.

8h06: Você contorna o bosque e vê, pela janela, muita gente saindo para caminhar, apesar da chuva. Você se pergunta o que os motiva a sair em um dia como esse, para se molhar, enquanto pensa que, na realidade, você nunca faria isso. Você olha teu filho, pelo espelho retrovisor, e percebe que ele também os observa. Você fica curioso com essa coincidência e pergunta: Feli, tá olhando o quê? Teu filho responde: essas pombas. Você as procura, pelo espelhinho, mas elas já não estão lá.

8h06: Juancho te pede para ir mais rápido e você percebe que está em câmera-lenta, distraindo-se com Leticia, justo hoje, que precisam terminar esse piso. Você promete a Juancho que vai trabalhar mais rápido. As tuas costas doem, todo agachado desse jeito, e você decide trabalhar de pé. Vai buscar uma prancha e dois cavaletes, e pede para que Juancho o ajude. Você fica na varanda, cortando os pisos na vertical.

8h10: Você está perto de chegar, mas a fila de carros não se move e não te deixa avançar. Chegarão tarde, como sempre, e você se pergunta quando terminará essa obra, com esses caminhões que não param de sair e entrar, todas as manhãs, bem nessa quadra que você precisa que esteja livre para que teu filho não chegue tarde na escola.

8h10: Você fica feliz, trabalha mais fácil assim, apoiando os pisos na prancha e com o amolador na varanda, trabalha até mais rápido, e você não se importa com a garoa, ainda que te molhe um pouco, porque dói menos as costas, e porque, de qualquer forma, está feliz hoje: sente prazer de ter ganho a garota de Tano; você ganhou, ainda que ninguém acredite, e Leticia agora é tua.

8h12: O Peugeot que está na frente acelera. Deixa, repentinamente, trinta metros livres, e você aproveita para acelerar, também, por medo que um caminhão saia da obra e te feche de novo e te atrase ainda mais. Você põe a primeira, avança até onde dá, tudo junto, e escuta um estrondo, como uma bomba, lá atrás. Freia, assustado, e vira a cabeça, querendo entender o que aconteceu. Vê a janela traseira detonada, mil pedaços que brilham, a contraluz, com a garoa persistente, que agora se mistura, pouco a pouco, com todo o sangue, que se derrama, imparável, sobre o estofado.

8h12: Você vê o cabo do amolador se molhar na varanda, e acha melhor trabalhar lá dentro. Pede ajuda para Juancho, aos gritos, mas Juancho não te escuta. Entra e percebe que ele não está lá. Então você levanta a prancha, sozinho, a carrega pelo ombro, e quando gira para entrar, a ponta da prancha bate no amolador, que começa a cair da varanda, desde o piso 11, rumo à rua. Você solta a prancha e ainda consegue ver o cabo, dançando pelo ar, e consegue pegá-lo, mas está molhado, e desliza. Você olha para a rua, vê essa mancha que cai, como uma pipa invertida, em direção a esse carro que avança, e ainda que você queira evitar, você vê, também, como o amolador entra, em cheio, na janela traseira.

Manuela

E qualquer desatenção, faça não
Pode ser a gota d'água.
Chico Buarque

Que Manuela era irritável sempre soubemos, mas ela parecia mais feliz depois do casamento com Fermín. No começo, a visitávamos normalmente; digamos, uma vez por semana. Às vezes nos domingos, porque ela nos convidava para almoçar ou em algum sábado que íamos de improviso, porque nos sentíamos no direito de fazê-lo. Até que fomos em um sábado, lá pra meio-dia e Fermín abriu a porta, de short, barbudo, com cara de poucos amigos: o que tão fazendo aqui?, disse, e isso apagou nossos sorrisos de meio-dia e ficamos perplexos observando-o, sem saber muito bem o que responder. Mamãe foi quem falou primeiro, lembro perfeitamente, disse: passamos pra dar um oi. Fermín pediu desculpas. Não lembro suas palavras, mas foi algo como: agora não podemos atendê-los. E fechou a porta. Mamãe subiu no carro chorando, que a filha estava ali dentro e que esse desgraçado não nos permitia vê-la. Mas mamãe era do tipo que fazia tempestade em copo d'água, assim que tratamos de consolá-la, de minimizar o que havia passado, que seguramente chegamos em um mau momento, que todo casal tem seus dias, que não se preocupasse, etc. Esse dia almoçamos em silêncio, mamãe tragando as lágrimas até que, às quatro da tarde, lhe deu um ataque e ela começou a ligar para a casa da minha irmã em intervalos regulares: cada cinco minutos. Quando atendia Fermín, desligava. E como sempre atendia

Fermín, desligava sempre. Não tenho ideia de quantas ligações fez, mas recordo que em um momento ela arremessou o telefone no chão: ninguém mais atende. E em seguida disse ao papai: vamos, Pedro, vamos à casa da Manuela, tá acontecendo alguma coisa. E papai: fica tranquila, Leonor, devem ter discutido, é normal, vamos esperar até amanhã. A parcimônia de papai e a angústia de mamãe me confundiam: por momentos estava seguro de que papai tinha razão e por momentos ficava preocupado com Manuela, me perguntando se não convinha fazer algo.

No dia seguinte, mamãe ligou várias vezes e, como ninguém atendia, convenceu papai a ir até a casa de Manuela. Eles foram. Segundo contam, ninguém abriu a porta. Para variar, papai estava convencido de que haviam saído; já mamãe tinha certeza que eles estavam e não queriam abrir. Eu me mantive na margem, mas o certo é que lá para as cinco o ar estava irrespirável. Mamãe que perfurava o cérebro de papai, que vamos à delegacia, que temos que denunciá-lo, e papai que tentava acalmá-la, que com certeza saíram, que não se pode invadir a casa dos outros assim, que Manuela iria ligar e, como se fosse um profeta, quando disse isso, Manuela ligou. Que estava tudo bem, que tinham ido visitar a família de Fermín, que sábado Fermín estava de mau humor porque haviam ido a uma festa, que foram dormir muito tarde, etc.

Desde esse episódio, não houve mais visitas de imprevisto aos sábados, o que gerou muitas discussões entre papai e mamãe; papai dizia que estava tranquilo assim, que não se pode ir de supetão na casa alheia, e mamãe dizia que era sua filha e que tinha o direito de visitá-la quantas vezes quisesse e que nenhum Fermín iria a impedir. Mas a impediu, porque mamãe foi dois ou três sábados mais, e ninguém abriu a porta. Ou não estavam mesmo ou queriam pôr um limite.

Com o tempo, os convites para irmos aos domingos foram se convertendo em uma raridade. Quando íamos, muito de vez em quando, mamãe dizia que Manuela estava contida: não vê que ela serve a mesa como se fosse uma obrigação?, não vê que Fermín a ajuda para nos fazer crer que está tudo bem?, eles não me enganam, isso é um teatro. Mamãe sempre exagerava, mas havia algo estranho, não sei dizer o quê, mas nos sentíamos incômodos, como se alguém colocasse em marcha um cronômetro quando nos sentávamos para comer e estivesse esperando com avidez nossa partida. Comecei a pensar um pouco como mamãe, mas me segurando para não contradizer papai. Minha irmã parecia um robô, os assuntos que conversávamos eram supérfluos, como essas conversas circunstanciais que se podem manter com um desconhecido. Sim, talvez fosse isso, uma certa familiaridade que estava se perdendo e que mamãe queria recuperar. Dizia: essa não é a minha filha. Dizia: perdi uma filha. E depois chorava. Nesse momento, papai já havia chamado o silêncio. Às vezes me dizia: sua mãe... E movia a cabeça da esquerda para direita. E isso era tudo. Como se condenssasse neste gesto seu desacordo com mamãe e seu afã para mudarmos de assunto. E em parte funcionava assim, porque mamãe ficava falando sozinha e depois de um tempo se calava. Dizia: ninguém se importa. E depois vinha um silêncio incômodo e então começamos a respirar um ar contido em nossa casa também. O tema estava pregado no teto, na mesa de jantar, na porta de entrada, mas ninguém tocava nele. De vez em quando, mamãe grudava em mim e dizia que não podia ser ou me olhava como se eu, que sempre tinha sido tão insignificante se comparado com Manuela, fosse a pouca coisa que restava.

Mamãe tentou tomar um café com Manuela em várias ocasiões. Tinha certeza de que Manuela, a sós, confessaria o quão troglodita Fermín era. Ela poderia consolar sua filha e recuperá-la para sempre. Mas Manuela era refratária a essas intenções: que estava cheia de coisa, que não tinha tempo, etc. Outras vezes ficavam de se ver e mamãe passava a semana cantando, alegre, a espera desse dia, mas era inevitável: pouco antes da saída, Manuela ligava para dizer que tinha surgido algo e cancelava o encontro. E assim passavam as semanas e os meses.

Teve um dia em que mamãe a ameaçou, nunca soubemos o que disse exatamente, mas andava pela casa indignada: já vai me escutar, se não vai sair comigo meterei um processo nesse bandido. Bem, terminou que o café se concretizou. E mamãe voltou chorando, pior do que nunca, que agora sim tinha certeza de que Fermín era um monstro, que havia perdido a sua filha para sempre, que esse troglodita havia chupado a alma dela, assim disse, e me surpreendeu porque nunca havia escutado mamãe dizer algo assim: chupou sua alma. Quando nos sentamos para comer, mamãe tinha as pálpebras inchadas e chorava como se estivesse tendo um soluço pequenino e repetitivo. Papai estava prestes a explodir, e explodiu: que chega, que já deu, que até quando você vai ficar assim, que onde é que tá esse problema, que você vai acabar enlouquecendo a Manuela, e etc. E mamãe: que não pode ser, que não é minha filha, que disse que com Fermín está tudo bem, que não é verdade, que sou a mãe, que eu sei. Mas ao final, depois dessa discussão, mamãe mudou completamente. Deixou de falar de Manuela, deixou de ligar e deixou de chorar. Mamãe começou a dizer: querem teatro?, muito bem, iremos aos domingos, quando nos convidarem, comeremos o que nos servirem, sorriremos e falaremos de temas gerais. Querem isso, terão isso. Isso começou a dizer mamãe depois da discussão com papai.

E desde que mamãe mudou, quem começou a se preocupar foi papai. Mas como papai era de poucas palavras, não se notava muito. Eu sabia porque ele tinha me confessado: ei, agora que sua mãe não tá mais enchendo, vemos bem menos a Manuela, né?, quase não nos convidam, quanto tempo não a vemos?, seis meses?, que estranho, mas não diga nada, não queremos que sua mãe fique mal de novo, e etc.

Desde que papai me disse isso, comecei a me perguntar se eu, como irmão, ainda que nunca tivéssemos tido muito vínculo, não devia ligar para ela. Não era fácil pra mim, na verdade. Mas todo esse assunto estava complicando as coisas. Eu supunha que o casamento de Manuela me daria mais espaço. Mas não. Era como se ela ainda estivesse em casa. Inclusive mais do que antes. Agora ocupava todos os minutos e todo o ar. Afinal, liguei para ela. Me atendeu surpresa, como esperando que eu pedisse algo, e como não sabia o que dizer, disse a primeira coisa que veio na minha cabeça: ei, Manuela, tenho algo pra te contar, quando podemos nos ver? Começamos a nos ver com frequência. A primeira vez que saímos inventei que estava passando por problemas em casa, com mamãe, que era muito metida e que não a suportava e etc. E me deu a impressão de que Manuela ficava com dó de mim, ela me escutava atentamente, como se ela me entendesse, então comecei a afundar na mentira, e dizer que mamãe se metia na minha vida tanto como se metia na dela, que fuçava nas minhas gavetas, calças, tudo, e que já não sabia como tirá-la de cima de mim. E não sei se isso contribuiu para que Manuela suspendesse todos os convites para a sua casa, mas o certo é que ela só saía comigo e isso me alegrava. Eu havia conseguido estar próximo de Manuela. Era uma conquista minha. E ela começou a contar um pouco da sua relação com Fermín. Bem, mais que contar, algumas coisas escapavam dela. Um dia disse: quando Fermín fica furioso. E arreganhou os olhos e soprou ar com a boca na forma de um U. Outro dia disse: hoje Fermín está irritado. Nunca me esclareceu quais coisas enfureciam Fermín ou que coisas o irritavam, mas uma vez percebi que Fermín a deixava nervosa, ou tive essa impressão, porque estávamos no bar de sempre e ele ligou pra ela. Enquanto falavam, Manuela começou a torcer um guardanapo. No final da conversa, o guardanapo estava em pedaços. Depois desligou e, como se eu não existisse, chamou o garçom e pagou. Quase foi embora sem se despedir. Já estava de pé, guardando o troco apressada, quando me disse: agora não posso ficar, continuamos em outro momento.

E isso foi tudo, até que ligamos a televisão e vimos Manuela nas notícias: saiu de casa como se fosse uma devota do Islã. Caminhava encurvada. Levava algo na cabeça, como um véu, que cobria seus olhos e as costas. Dois homens a colocaram em um carro. Eram nove da noite e na calçada havia uma grande quantidade de curiosos.

No começo, parecia que Fermín ia ficar paralítico. Nessa época, mamãe estava muito feliz. Dizia: ele merece. Dizia: viu que eu tinha razão? Dizia: eu sabia. Mas quando Fermín morreu, a imputação mudou e as coisas ficaram ruins. Agora os advogados tratam de acalmar mamãe e falam de violenta emoção. Papai segue falando pouco, mas está mais amargurado. Mamãe o observa com cara de reprovação. E às vezes de ódio. Então papai arreganha os olhos, coloca a boca em U e sopra um longo ar.

Bleu, blanc, rouge

BLEU

I.

O recinto tinha dimensões monstruosas, talvez apropriadas para venerar alguma enteléquia maiúscula, digamos Deus ou a Ciência. Eu vinha de uma noite puxada e só as dimensões do lugar já me perturbavam completamente. O acesso me pareceu ominoso: a escada oferecia um número inesgotável de degraus, todos pra cima. Pensei em desistir na metade do caminho, mas não tive alternativa: adormeci no patamar, estatelado. Acho que foi o sol das três. Acertou em cheio nas minhas pálpebras e interrompeu meu sonho erótico com Camila. Eram às cinco: um azul denso tapava o céu. "É fundamental colocar essa pasta lá hoje", disse meu chefe. Suas palavras retumbaram em meu crânio como um chocalho. Comecei a correr, pra cima, odiando-me. Cheguei ao topo. O pórtico vidrado me devolveu uma imagem desastrosa: a saliva seca desarticulava meu queixo, meus cabelos loiros haviam vencido a gravidade e uma listra vermelha dividia meu rosto em assimetria definitiva. Empurrei a porta, que quase não se moveu. Fez um rangido agudo, brevíssimo, contra as trancas que a fechavam. Levantei a vista: uma gorda inatingível levantou seu dedo indicador e o cravou no relógio de pulso. Pus-me derrotado: a gorda era muito feia e estava vestida de rosa – uma cor que acho repugnante. Avaliei pedir que abrisse a porta, inclusive pensei em me colocar de joelhos ou ensaiar alguma extravagância que a comovesse, mas o brilho dos seus olhos me fez compreender que ela integrava – orgulhosa – o conjunto de seres que não se comovem.

Vomitei na escada. Talvez o calor. Ou o nojo. Não soube bem o que fazer, porque eu estava inapresentável, mas ainda assim decidi voltar até o escritório e enfrentar meu destino.

II.

Meu apartamento tem uma superfície minúscula. É difícil não tropeçar nos móveis escassos e, de fato, meu corpo e alma vivem padecendo dos efeitos dessas restrições. Meus tornozelos, minhas pernas e, ainda pior, os dedos dos meus pés, sofrem pancadas constantes. A cada batida minha alma repassa as relações intrafamiliares.

Tudo começou quando minha mãe me disse: estuda ou trabalha. Escolhi trabalhar. Foi um erro. Lamento que meu orgulho não me permitisse recuar: preciso revisar esses meus princípios em um curto prazo.

Às vezes meus amigos me visitam. Não compreendem que o espaço é escasso. Parecem desfrutar do ambiente. Suponho que eles acham engraçado que a cama esteja guardada no guarda-roupa, que o chuveiro esteja sobre o vaso ou que seja difícil lavar duas mãos ao mesmo tempo na pia. Mas não me divirto com isso: eu sofro.

Outro dia ansiei reler um conto do Cortázar. Tenho o Cortázar na minha estante da esquerda. Quando quis pegar o livro, o touro que trouxemos do Peru caiu em cima de mim. Tony o escolheu. Era a última noite de churrasco e não queríamos voltar sem alguma porcaria que nos fizesse recordar de tamanha felicidade. Tínhamos três sóis e com isso só podíamos comprar um touro de cerâmica de estética duvidosa. Cada um botou um sol: Tony colocou um, Camila colocou um e eu coloquei um.

Terminei ficando com o touro porque dizem que aqui é onde nos vemos com mais frequência. Mas ele se despedaçou. O colei como pude, porque não é questão de andar deixando as lembranças esparramadas pelo chão, mas devo deixar claro também que não devo ser um depositário de lembranças coletivas. Não tenho espaço pra isso.

III.

Meu estado de ânimo anda péssimo: as finanças da última demissão encolheram drasticamente. Terei que sair para buscar trabalho sem demora.

Buscar trabalho é um esforço inconcebível. Qualquer pessoa deveria desistir dessa ideia. Mas bem. O orgulho é o orgulho e, sobretudo, minha mãe é insuportável, termino, então, por resignar-me e lanço-me em cheio à tarefa. Busco emprego pela internet, navego por horas. Tenho um problema fatal com esse assunto: reconhecer-me nos anúncios me soa impossível. De fato, nunca consigo. Acabo estremecido. Leio: "pensamos em uma pessoa com capacidade de liderança e vocação ao serviço". Penso: definitivamente não sou eu. Continuo: "buscamos uma pessoa com experiência comprovável em empresas de serviços e domínio do idioma inglês e português (trilíngue, excludente)". Uivo: abandonei o inglês no terceiro ano e o único que recordo do português são duas noites de sexo irrefreável com uma brasileira escultural que por engano roubei de Tony em um final de semana em Búzios. *Você é muito fofo*, me dizia, e ainda que entendesse pouco, a viagem para Búzios não deixou de ser uma experiência memorável. Encontro: "se busca um funcionário para realizar pagamentos e resolver burocracias. Honesto e pontual. Com o secundário completo e referências comprobatórias". Fico de pé e me sirvo mais um gim: sim, sou honesto. Pontual? Olho para o relógio: cinco da manhã. Abro o guarda-roupas, abaixo a cama, deito. Olho para o teto. Fico dormido. Várias noites assim.

IV.

Amo muito Camila. Na realidade, ela não é tão linda, mas a amo muito. É muito pequenina, tem um nariz de amendoim esmagado e os olhos estirados. Sempre digo a ela que tem sangue oriental na sua família, e ela ri com seus lábios finos e me mostra os dentes perfeitos que me impressionam tanto, depois ela sopra a franja e eu a abraço com força até que ela me bate com o travesseiro listrado e caímos no chão, onde fazemos amor. Ela gasta uma hora de viagem para me ver, mas nunca a vi reclamar disso. Eu acredito que sua mãe tem certo apreço por mim, porque sabe da minha situação e mais de uma vez Camila me trouxe uma torta grande ou um montão de milanesas enviadas pela sua mãe. A mãe de Camila se chama Azul, é arqueóloga e tem uma voz profunda, como de paz, que eu gosto de escutar. Às vezes liga para falar com Camila, me cumprimenta com alegria e pergunta se gostei da comida. Eu sempre a agradeço e penso que no fundo amaria ter uma mãe tão compreensiva como a de Camila. A minha é uma mulher harpia, não tem amigos, não sorri e olha a humanidade como se tivesse se enganado de planeta.

V.

Ontem visitamos Jorge. O conheci há alguns anos na casa de Tony. Jorge estava feliz porque havia trocado de curso. É o terceiro curso que escolhe com entusiasmo. Agora passou de engenharia para arquitetura. Em medicina havia aguentado um quadrimestre inteiro graças a Tana. Como Tana é linda! Mas a anatomia foi mais forte: náuseas, náuseas inconcebíveis. A anatomia o expulsou do curso com uma certeza psicótica. Continuou saindo com Tana durante uns meses, mas, como todos o diziam, a Tana era muita areia pro seu caminhãozinho e acabou saindo com Juan, um cara insuportável, mas com tantas horas de academia que não tinha como Jorge fazer sombra a ele nem em quinhentos anos. Esteve cabisbaixo por um tempo, dizia que nunca, nem por acaso, teria a oportunidade de estar com uma mulher tão linda. Terminou aceitando, um tempo depois, e entrou em engenharia: só tem homem lá, dizia indignado, só homem. Não vou ficar muito tempo lá. E assim foi. Até ontem, que veio exultante: você não tem ideia, Martín, não tem ideia: tá cheio de mulher lá, mas cheio, viu? Encontrei minha vocação, Martín, amo arquitetura. Jorge trouxe umas cervejas e já abrindo a segunda me disse: e você? E você, Martín? O que vai estudar? Nada, o respondi e dei um longo gole. Como nada, Martín? Como nada? Você não tem vocação? Vocação?, respondi, não, acredito que não tenho vocação. Ou tenho vocação para o nada, Jorginho. Isso: tenho vocação de nada. Não pode ter vocação de nada, Martín. Não pode. Pensa bem, você tem que gostar de algo. Jorge, já deu, não fode. Não quero estudar nada. Parece a minha coroa, velho. Mas, Martín, pensa: você tá cagado de fome, não gosta de trabalhar, vazou da sua casa, não tem onde cair morto e não quer nem estudar, ainda que seja só se inscrever em um curso. Liga pra sua mãe, diz que mudou de opinião, que vai estudar. Entra num curso e, vá saber, tu pode terminar curtindo. Faz arquitetura comigo, Martín, seria genial.

VI.

Tony tem uma aura paternal que engloba a todos nós. O conheço desde o primeiro grau e sempre digo que a vida foi generosa conosco: nos cruzou no primário e nos fez cruzar novamente, quase que por azar, na secundária. Seus pais tinham-no mudado de colégio um ano antes e no ano seguinte meus pais também se mudaram e terminaram me colocando no mesmo colégio dele. Quando nos vimos no pátio demos um abraço breve, mas forte, e várias palmadas no ombro: eram de alegria. Tony me fazia rir muitíssimo, mas é, além disso, um cara legal. Ele é o cara que não sabe ser egoísta e que você sente que curte todos os momentos, compartindo o que quer que você tenha em mãos com um desprendimento que nunca vi em ninguém. Pouco ou nada, ele comparte igualmente. O que sinto quando estou com Tony é muito raro: tenho a sensação dele ser um humano completo. Uma pessoa tão cheia que pode prescindir até do ar que respira. Sim, isso: Tony é um cara satisfeito. Pura dádiva. Quando faz aniversário, é difícil imaginar um presente pra ele: é como se não precisasse de nada. Tampouco expressa desejos de algo. Tony é poder rir de tudo. A vida o diverte, evidentemente. Ou não. Mas é como se o divertisse. Com Tony tudo está bem. Sempre.

Blanc

I.

Jorge me manda para o nada. Isso se parece com um verdadeiro nada: um céu branco todo coberto de nuvens. Umas ruas de terra clara, quase branca. Umas casas arenosas, perdidas. Por dentro, estou puto: a vista não se acostuma com tanto nada. Tento esclarecer algo, mas tudo se confunde: os olhos desvariam entre tanta brancura. Busco o horizonte: uma linha apenas perceptível se assoma entre o branco do céu e o cinza da terra. Respiro fundo e quase me afogo. Tusso. Cuspo. Retorço-me; recupero a verticalidade. Me faz mal. Esse ar é péssimo. Dou a volta, busco outro horizonte: tudo branco.

***

Nada, Jorge. Aqui não tem nada. Não sei por que vim nem porque merda me mandasse pra cá. Não penso em ficar nem um minuto mais. Como? Claro que não. Volto hoje mesmo. Bem, já veremos. Aqui não fico.

***

Era o nosso melhor cliente, Martín. Entende? Era o nosso melhor cliente e você o rejeitou e não consigo entender o motivo. Não me dá uma só explicação coerente, Martín, nenhuma. Tudo branco? Tudo nada? E que caralho quer que eu diga agora pra ele? Meu sócio não averiguou o local porque ele achou o lugar repugnante e foi embora? Isso sim que é genial. Você é insuportável, Martín. É insuportável trabalhar com você.

II.

A briga com Jorge me deixou de cama. O que ele queria que eu fizesse? Que escrevesse um informe? Sim, talvez Jorge esperasse um informe. Um informe sobre o nada.

Tá aqui, Jorginho. É isso que queria? Aqui seu maldito informe para o Dr. Miranda.

Respeitado Dr. Miranda:

Meu sócio, o Arq. Jorge Peirano, me mandou em carne e osso constatar seu incomensurável desvario. A cidadezinha onde você pretende instalar esta pocilga, Dr. Miranda, é toda branca. Sim, como você ouviu, toda branca: como se a cidade já não fosse mais cidade e nada resumisse sua identidade ou pertencimento. Dirigi como um condenado e o último trecho da viagem fiz a pé, e isso só serviu para encher meus pulmões de poeira. Acabei tossindo como um tuberculoso, Dr. Miranda, porque esse lugar é poeirada pura. Há ruínas de uma estação entre os matos. Há umas ruas turvas e sem rumo. Há umas casas esparramadas em meio a um maiúsculo infortúnio. O lugar é indescritível. Suponho que o Arq. Peirano me mandou porque sua imaginação não alcançava. E sim, me encontrei com isso. Ou me encontrei com nada, como você preferir. É provável que você tenha outra lembrança do lugar, eu posso compreendê-lo. O que não compreendo, Dr. Miranda, é a origem desgraçada dessa sua ideia. Me diz, com todo respeito, que retardado pensa em construir um parque de diversão no deserto?

III.

Conto tudo para Tony e ele ri. Me diz para não sermos escrotos. Que nem o cliente era tão importante, nem nós devíamos brigar por tão pouco. Que a vida é mais que isso. Que sigamos em frente. Eu escuto Tony em silêncio. Trato então de resolver as coisas com Jorge, digo para não fodermos com tudo, que busquemos outros clientes, que virão melhores. Ele não me deixa terminar. Me deixa falando só. Volto pra casa. Camila me cobre. Segura a onda. Diz o mesmo que Tony. E sorri com um sorriso franco e sopra sua franja, mas dessa vez não caímos no chão nem fazemos sexo.

IV.

Saem rugas ao redor dos meus olhos. E uns cabelos grisalhos acima das orelhas. Todavia são poucos. Uma barriga incipiente assoma ao meu abdome: deveria fazer algo com isso. Camila diz que estou bem; prefiro acreditar nela. Tony tem mais rugas do que eu; me refiro as rugas dos olhos. Deve ser de tanto rir. Já Jorge tem papada. Está gordo, gordíssimo. Não tem rugas: tem o rosto estirado. E restam poucos cabelos nele. Ele os deixa crescer e penteia de orelha a orelha. Os cabelos cobrem magramente a cúspide do seu crânio.

V.

Cruzo com Jorge na Corrientes. Tenta fugir de mim. Eu o busco com o olhar. Ele me cumprimenta. Faz uma semana que não nos falamos e o certo é que já que não vamos mais trabalhar juntos, devemos nos falar para dividir o valor das comissões. Nos sentamos em um bar, pedimos café. Me observa como se nada estivesse acontecendo e me conta que cruzou com Tana há um par de semanas. Escuto: encontrei-me com Tana. Veio uma luz nos seus olhos, como de revanche. Presto atenção: diz que Tana se casou e que teve três filhos. Agrega: e está igual a uma vaca. O diz satisfeito. Percebo porque ele sorri quando termina de falar e me olha com orgulho, como se sua esposa fosse a Barbie e ele não tivesse nenhum motivo para invejar o Ken. Faço o comentário que ele espera: você não perdeu nada, velho. Me encara aliviado e muda de assunto. Me pede desculpas pelo mal-estar no outro dia, que estava nervoso, que eu entendo e tudo isso. Eu digo que não. Que não entendo. Que não me divirto. Que é melhor nos separarmos. Ele fica gelado. Se resiste. Me peita dizendo que sou arquiteto graças a ele e pergunta se quero cagar de fome de novo e o que vou fazer agora que Camila está grávida e que se penso em alimentar minha cria com o ar. O mando ir pra merda. Pago a conta e dou o fora.

Rouge

I.

Hoje me chamaram do asilo: mamãe está mal. Digo a Camila: mamãe está mal. Camila suspira. Hoje é o aniversário de Camila e falta um mês para que nasça Joaquín.

II.

As ondas fazem ruídos de espuma. O ruído do mar. O som que escutamos, quando pequenos, dentro das conchas gigantes que mamãe nos dá.
As ondas chocam, esparramam.
A areia se move, nos suja.
Joaquín segura sua pá vermelha, radiante.

O observo de longe, por trás: sua fralda está cheia de mar e parece um pato.

Camila está linda.

III.

Mamãe morreu. O tempo parou.
O tempo para quando alguém morre.
A morte faz parênteses.

IV.

Joaquín chora. Não quer dormir. Fez aniversário. Vieram pessoas demais para nossa casa. Abriu muitos presentes. Joaquín quer continuar acordado, cantando parabéns pra você.

V.

Atendo o telefone: é a esposa de Tony.
Tony sofreu um acidente. Minhas pernas tremem, agarro-me na estante.
Diz que Tony tá morrendo. Caminho até o sofá e desabo nele.
Olho a estante, de longe; ela desfoca.
Diz que Tony está no hospital, para irmos até lá.
As coisas caem. Fazem ruído.
Me aproximo e as pego, as coloco novamente na estante.
Camila se aproxima. Me olha.
Eu a olho e choro.
Me abraça. Eu a abraço, também, e aperto algo em minha mão.
Uma lasca se crava na minha pele. Dói.
Abro a mão e vejo: é o touro quebrado, feito pedaços, todo vermelho, no meu sangue.

Construção

> Somos nossa memória,
> Somos este quimérico museu de formas inconstantes,
> Essa legião de espelhos quebrados.
>
> J.L. Borges

Parte I

Me chamo Ana Laura Linares, tenho 38 anos e não tenho memória. Minha psicóloga disse que não ter memória é como não ter afetos. E ela trabalha para que eu a recupere. Mas estamos trabalhando há quase um ano e não temos conseguido nada. Tenho um marido, uma filha e uma mãe que me contam como eu era no passado. Me contam como eu era e como tudo era antes. E como eles eram, também, pois tudo deixou de ser como era. Fazem esforços ingentes para que eu me recorde. Que recorde de algo, não importa o que. Um cheiro, por exemplo. Ou que repita algo: uma careta familiar em meu rosto já bastaria. Mas nada. E eles não cedem, insistem, mostram-me fotos nas quais não me lembro de ninguém e usam-nas para contar meu passado; as exibem como provas do que vivi, mas não sinto nada por elas. Minha filha, meu marido e minha mãe me soam ser pouco mais que perfeitos desconhecidos: uns desconhecidos que teimam em ficar comigo. Sorriem, me dão beijos, acariciam meu cabelo: partem minha alma. Sobretudo Lila, minha filha. Ela tem 7 anos e me olha fundo, como se através dos meus olhos pudesse passear pelo passado. Lila é tenaz, pode me olhar de forma expectante durante meia hora, ou mais, enquanto indaga uma e outra vez se me lembro de quando a levava ao parque ou de quanto gostava de inventar contos fantásticos durante as noites. Não me lembro de nada. Ela sustenta o sorriso até que percebe que seus esforços são inúteis: meus olhos parecem devolvê-la ao mesmo naufrágio, uma e outra vez. Então a escuto subindo ao seu quarto e chorando. Chora baixinho, para que eu não a escute. E eu também choro porque percebo que sou um oco repentino, um vazio em que eles também terminaram perdendo parte da sua história. Mas eles não desistem, já faz um ano, e então mostram minhas roupas como se fossem um tesouro. Expõem uma blusa amarela e dizem que eu a adorava e que sempre a usava nos meus aniversários. E eu a olho, toda desbotada, e fico calada, porque não me atrevo a dizer-lhes que a camisa é horrorosa. Outro dia fervem milhos e me servem no jantar, e me explicam que eu amava comer milho, com muito sal, que eu os espetava com dois palitos de dentes, um de cada lado, e que os comia como se não houvesse no mundo maior deleite. Eu os deixo fazer e como os milhos com um sorriso, principalmente se Lila estiver me olhando. Mas é igual a tudo: não gosto de milho e por mais que me expliquem, não há como eu gostar disso.

Meu irmão vive em Roma, o conheço pelas fotos. Ele é bonito e tem uma linda mulher e dois filhos loiros, que são meus sobrinhos. Também não os conheço. Mamãe tem uma voz cálida. Eu gosto quando ela fala comigo. Conta que me casei bem apaixonada e que Miguel me ama muito. Me mostra fotos de infância: vejo uma casa branca com um jardim repleto de rosais. Tínhamos uma tartaruga enorme. Mamãe conta que eu podia passar uma manhã inteira olhando a tartaruga ou a alimentando. E como a tartaruga segue viva, um dia me levaram para casa de mamãe, com a esperança de que eu recordasse de algum fragmento de infância: apenas a veja, vai que você lembra, me diziam. Mas o único que me surpreendeu foi seu tamanho. Realmente é imensa.

Meu pai morreu quando eu tinha dez anos. Ele sempre está sorrindo e olhando pra frente nas fotos. Tem um olhar gentil, como de quem passa pela vida sem exigir muito dela. As fotos de papai me inspiram a ter simpatia. Sempre sorrio quando as vejo. Eles tentam me marcar com essas lembranças, como esperando que meu sorriso nascesse dessas reminiscências de ontem, mas não há o que fazer: não tenho ontem. E há algo que me pergunto às vezes, ainda que não encontre respostas: se perdi tanto, por que não perdi as palavras? Dizem que uso o mesmo vocabulário que usava antes. Que minha voz mudou, que mudou a inflexão dela, mas que uso as palavras de sempre: isso não mudou. E me chama atenção, porque suspeito que poderia ter perdido a linguagem também. E como isso não aconteceu, muitas vezes acredito que as palavras me devolverão o passado. Quando deito, penso nisso. Penso muito nisso. E me dedico a reproduzir palavras. Repito todas as palavras que recordo, uma atrás da outra, em uma ordem arbitrária, para ver se alguma me serve de espelho. Quando deito, murmuro. Não digo isso nem pra Miguel. Não quero gerar ilusões nele. Mas murmuro e ele percebe. Eu digo que estou tentando lembrar das minhas memórias e que tento fazer isso em voz alta para que nada se perca. E ele me deixa. E no fundo não estou mentindo pra ele: murmuro para que a palavra não fuja e me devolva algum sentido. Há noites que não murmuro: só choro. Choro em silêncio, como que pra dentro, porque me passam coisas assustadoras e sinto que se eu não correr para me recuperar, em breve acabarei enlouquecendo. Com Miguel ocorre a mesma coisa, assusta-me a acreditar que pudesse gostar dele. Não gosto da sua pele, não gosto do seu cheiro, não gosto do seu rosto. Miguel não me atrai. Fizemos amor em duas ocasiões, desde que isso ocorreu, e foi desagradável. Provavelmente mamãe não mente: eu suponho que casei apaixonada mesmo e que Miguel me ama muito. Sobretudo a parte em que ele me ama, pois Miguel está ao meu lado todo dia e nunca cessou seus esforços em tentar recuperar o que tínhamos. E ainda que não fosse por amor, é evidente que ele necessita recuperar a família de outrora, ele, eu e nossa Lila. Por isso tem noites que eu choro. Vivo em uma casa que me soa estranha, durmo com um homem que não me atrai e sofro por uma criança que não me comove. E talvez por isso murmure durante as noites: porque sinto que Lila merece. E até Miguel também. Mas já passou um ano e o esquecimento permanece. Em um ano, por causa da boa vontade de todos, penso que construímos uma história. Eu já tenho uma rotina, por exemplo, e se bem sei que ela não tem nada a ver com a rotina de antes, a aceito enquanto concentro meu trabalho em introspecções. Miguel me desperta para que levemos Lila para a escola. Tomo meu café (antes gostava de mate) e me visto com uma roupa nova (a de antes fica enorme em mim). Lila dá um beijo em Miguel antes de sair do carro e eu me despeço dela na porta da escola. Miguel me deixa em casa antes de ir ao trabalho. Tenho uma aposentadoria por invalidez e larguei a empresa que havia trabalhado durante quinze anos: era publicitária. Não sei por que me consideram inválida, eu falo, escrevo e posso pensar. Mas o advogado disse que era melhor assim. Que recebesse a aposentadoria e seguíssemos até o fim, no tribunal. Quando não preciso ir à psicóloga, ou ao neurologista, ou ao advogado, Lila sabe que irei buscá-la: sorri quando me vê na porta e me dá um abraço apertado, como se não me visse há séculos. A convido para tomar um lanche na lanchonete da esquina: pede torradas com marmelada e me conta que eu sempre preparava torradas com marmelada nos domingos. Agora é seu lanche sagrado e faz questão de me mostrar que disfruta dos nossos encontros a sós. A menos que chova, voltamos pra casa caminhando: são oito quadras. Caminhamos juntas, eu levo a mochila e ela me dá a mão. Sua mão é pequena e eu a aperto como se agarrasse uma promessa. Quando chegamos em casa, brincamos um pouco, ou vemos televisão, ou a ajudo com as tarefas. Às sete, a coloco no banho e depois chega Miguel. Jantamos os três, juntos, às vezes mamãe vem, ou algum amigo, ou o pai de Miguel: se percebe que em casa era habitual receber pessoas. Isso permanece e não me incomoda. O que me incomoda são os vazios: quando Lila está na escola e Miguel no trabalho e não tenho nada para fazer. Nesses momentos, trato de buscar memórias: aperto forte os olhos, e a mandíbula, e as mãos: faço força. E nada. Então pego uma caixa com fotos, abro-a e repasso tudo novamente: meu pai e minha mãe em sua lua de mel, em cima de uma bicicleta, ele atrás e ela na frente, ela sentada no guiador e os dois tão leves; meu irmão, dois anos mais velho que eu, deitado ao meu lado, na cama grande, abraçando-me e olhando a câmera com os olhos metade devoção, metade desamparo; a tartaruga e os rosais, de tantas cores, sobre a grama fina e comprida; o bairro de casas baixas e o trem a duas quadras; as companheiras de colégio nessa foto da quinta série, e Verónica rindo com essa boca imensa à minha direita, e o uniforme azul, tão azul para todas; e minha festa de quinze anos e eu radiante e Verónica ao meu lado, me abraçando e me beijando; e Manuel, meu primeiro namorado, dançando uma valsa comigo em uma festa que ninguém mais lembra, e nós dois olhando-nos de frente, como em um espelhismo; e as duzentas fotos do meu casamento, e eu tão feia, e tão feliz, e nada, absolutamente nada, me ressoa. Então choro. De impotência e de raiva, e às vezes de rancor. E volto a tentar, então vou ao meu armário e primeiro reviro as coisas, as olho, as estudo. E monto em cima disso e bagunço tudo. Depois me sento na montanha de coisas arrancadas e começo a organizar, toco tudo, cheiro tudo, busco algo, uma pista, um odor, um texto. E não encontro nada: não me encontro em nada. E passou um ano. E cada dia que passa, tudo fica mais difícil. Como quando chega Miguel e o olho nos olhos e não vejo nada que me reflita. Ou como quando chega minha mãe, que por algum motivo vem sempre, como se a assiduidade da sua presença me reconduzisse ao passado, e me traz essa espantosa torta de espinafre que eu tanto gostava. Ou como quando jantamos com amigos: esses amigos que me olham como sempre e sabem que os observo sem ontem. Ou como quando me torturam com a caixa de fotos e me contam o mesmo cem vezes sem que nada faça eco nunca em nenhuma parte da minha memória. Assim me sinto: uma nada. Uma nada que flutua em um mar de pertinazes impostores. E a verdade é que estou começando a me sentir invadida por uma sensação de cansaço: posso recitar minha vida inteirinha, mas não a recordo em absoluto.

Outro dia perguntei para minha psicóloga se não acha que eu deveria me afastar de todos, ainda que por um tempo. Penso nisso ultimamente. Me pergunto se afastando-me de tanta pressão não conseguiria melhores resultados. E às vezes penso, claramente, que nunca vou recuperar nenhum passado e que deveria começar do zero. É que me incomoda muito que venham com tudo isso que dizem que eu era e sinto que já não sou, com tudo isso que dizem que eu amava e que já não amo mais. Começo a sentir que meu piso se racha ao ritmo que fortalece o deles. É como se eles, ainda sem resignarem, começassem a retomar suas vidas. Mas eu não tenho nada a retomar. Terei que me reinventar. Ou acabarei como uma foto: imóvel nessa rotina que desenharam para que não se parta em dois a lembrança do que fomos.

Parte II
3 de outubro

Não posso cuidar de uma planta. Escrevo essa frase com um piloto vermelho nos azulejos brancos da cozinha. Escrevo grande, em letras maiúsculas. Depois vou à varanda e estudo a situação: três vasos de flores pequenas com malvas, um frasco de vidro com uma batata, um vaso com tulipas, e outro frasco com uma planta jiboia. Começo pela batata. Jogo a água pela grade da varanda: a água da batata fede a podre. Apoio o frasco com a batata ainda dentro e sigo com a jiboia, a água dessa planta não fede tão mal. Vou à cozinha e pego um saco de lixo grande: coloco a batata, a jiboia e as malvas dentro dele. Faço um nó e levo o saco até o quartinho do lixo. Volto pra varanda e olho para o vaso com tulipas: o vaso é grande, não cabe num saco de lixo. Fora que deve ser pesado, rasgaria o saco. Vou pra cozinha procurar algo e encontro um velho martelo de aço que me disseram que usávamos para amaciar a carne de zebu. O trouxe porque é um lindo martelo: fico feliz em encontrar uma utilidade pra ele. Volto entusiasmada pra varanda: o vaso se converte em entulhos, que empilho com cuidado, um cubo de terra endurecido e quase nada de tulipas. Agora posso colocar o vaso no saco. Ao final uso um saco para os entulhos e outro para a terra. Antes de fechar o saco, olho pra dentro dele: dois vermes se contorcem entre os restos da tulipa. Faço um nó e levo os sacos ao quartinho. Sei que a varanda está suja, mas decido acender um cigarro e preparar um café antes de começar a limpá-la. Isso de me mudar foi positivo, penso. Posso estrear novos hábitos. Pego a vassoura e varro a varanda. Depois pego o balde e passo um pano várias vezes, com desinfetante, e a deixo impecável. Percebo que meus braços estão doendo, imagino que é por causa da quebra do vaso. Decido tomar banho: estou suja. Abro a ducha e me alegro em saber que a água sai com tanta pressão; fico o tempo que desejo, a água quente me relaxa as costas e o pescoço. Percebo que gosto de tomar banho assim: com a água quente que sai dos canos como se tivessem sido contidas durante séculos. Volto para a cozinha e escrevo: posso tomar banho à vontade. Com água furiosa. Dessa vez escrevo em azul: comprei dois pilotos para escrever nos azulejos e senti que essa frase ficou melhor em azul, e em minúsculas.

4 DE OUTUBRO

Puxo a mesa da sala e posiciono minhas três malas. Agacho e as abro: não lembro exatamente o que coloquei em cada uma, mas me parece mais efetivo ter tudo à vista. Abro o armário, ele é grande. Não penso em guardar os sapatos abaixo; não, vou colocá-los nas gavetas de cima, assim é mais cômodo; não sei por que nas casas se coloca eles embaixo, com o incômodo que resulta se agachar e fuçar em objetos que não se vê direito. Escolho as gavetas que estão na altura dos meus olhos e coloco todos os sapatos neles: ficam bons. E me reconforta incrivelmente ter meus sapatos acomodados. Corro até a cozinha e escrevo em vermelho, em maiúsculas: não me agacho mais, os sapatos estão em cima. Acendo um cigarro e tomo um café na mesa dobrável da cozinha. São onze horas e há uma mancha de sol quadrada sobre a mesa. Anoto: às onze tem sol. Em azul.

Sigo com o mais fácil: coloquei minhas roupas nas malas sem tirá-las dos cabides. Penduro as poucas roupas rapidinho: as mais compridas do lado direito, as mais curtas do lado esquerdo. Fica perfeito. Na realidade, imaginei que essa parte seria a mais fácil, pois deixei tudo o que não gostava para trás: três quartos de tudo o que eu tinha. Não me importa. Prefiro assim. Não sei como eu gostava de tantas cores fortes, só fiquei com as roupas negras. E uma branca. Decididamente não quero ocupar espaço com coisas que não gosto. Acredito que o único que não quis deixar para trás foi a camisa turquesa que meu irmão me trouxe de Roma. Não penso em usá-la, mas trouxe mesmo assim. Algo me diz que com meu irmão tínhamos um vínculo sincero, ele foi o único que me tranquilizou quando isso aconteceu. Lembro-me das suas palavras como se as escutasse agora: não se preocupe, irmã, fica tranquila, de pouco a pouco estaremos juntos de novo. Isso que ele disse: de pouco a pouco estaremos juntos de novo. Eu gostei. Gostei do que me disse e gostei da sua voz. E se fosse tudo fictício, e eu me equivocasse com ele, sempre estarei a tempo de jogar fora a camisa.

6 DE OUTUBRO

A psicóloga me esgota. Não entende que não quero ver minha filha. Não quero ver meu esposo. Não quero ver minha mãe. Não quero ver ninguém. Não entende. Anoto em vermelho: a psicóloga me esgota.

7 DE OUTUBRO

Levo o banquinho da cozinha até a varanda. Descobri que vejo o entardecer pela varanda. Se me sento no banquinho às 18h45, posso ver o sol antes da torre branca que fica em frente de casa ocultá-lo. Quando já não vejo o sol, meu pedaço de céu fica laranja. Depois vermelho; violeta; azul noite. Quando está preto, coloco meu banquinho pra dentro. Janto sozinha na mesa redobrável da cozinha. Em poucos dias, tenho uma rotina: entardeço na minha varanda, janto na minha cozinha. Essa rotina é minha, eu a inventei.

9 DE OUTUBRO

Coloco a calça preta, a camisa branca e saio para caminhar pelo bairro. São onze de uma manhã inofensiva. Minha calçada é larga e tem jacarandás em toda a quadra: uma brisa agita seus galhos e revolve as gotas de sol no piso. Quando chego na esquina, vejo uma casa antiga que tem três choupos plantados na frente. Parece uma casa de arte: toco a companhia. Abre uma mulher desalinhada e pálida, com uma túnica hindu e uma quantidade exorbitante de cabelos emaranhados; seu rosto parece diminuto. Apresento-me e não sei bem o que dizer, mas explico que sou nova no bairro e que saí para conhecê-lo: vivo aqui em frente, aponto para meu edifício. Ela vai com a minha cara, pois diz em seguida que sua casa funciona como um restaurante a portas fechadas; entreabre um pouco a porta e me permite espiar um pátio com plantas, grandes janelas com vidros coloridos, algumas mesas com velas apagadas, e esclarece: abrimos a noite, de quinta a sábado, servimos comida do norte e vinhos de altura. Pode vir quando quiser, diz enquanto me faz um sinal e entramos juntas. O lugar cheira a jasmim. Busca algo na gaveta e me entrega um cartão. Leio: Pátio Escondido. E escuto: as reservas são feitas no dia e temos menu à la carte. Saio reconfortada e sigo com minha caminhada. Na quadra seguinte, há um supermercado e um viveiro. Entro no viveiro e vejo uns móveis de jardim. Os analiso: são caros. A vendedora se aproxima e minto dizendo que buscava móveis pequenos; coisas pra uma varanda, digo. Ela me leva para um lado e mostra móveis mais razoáveis. Agradam-me. Compro uma mesa redonda e uma cadeira com suporte para os braços. Escolho as de plástico, não posso comprar as de madeira. Entretanto, está bem assim, a cadeira é confortável e talvez dê para começar a jantar na varanda. Saio contente e volto pra casa. Arrasto a mesa e a cadeira em duas sacolas brancas, gigantes. Chego, suada. Deixo as sacolas. Ajeito tudo na varanda e vou ao meu banho de água furiosa, tomo uma ducha rápida e enquanto me banho lembro-me da Lila, será que ela tá bem? Não a vejo faz uma semana. Poderia ir buscá-la no colégio. O faço. Lila é um sol. Poderia me xingar, mas não faz isso. Sai com um sorriso enorme e me abraça: hoje tenho que ir ao aniversário de Liam, mamãe, vamos no transporte escolar. Eu digo que não importa, que vim só dar um abraço. Compro um sorvete pra ela e subo no ônibus: volto pra casa destroçada.

10 DE OUTUBRO

Ontem à noite, quebrei o único espelho que tinha neste apartamento. Era o espelho do meu armarinho. O joguei no meu quarto de lixo. Não o necessito. Se quero encontrar meu passado, não necessito de imagens do hoje. Vou à cozinha e anoto: não necessito de imagens do hoje. Em vermelho.

11 DE OUTUBRO

O telefone me acorda: é Lila. Ela diz que deseja vir pra minha casa. Hoje é domingo: dia de torradas e marmeladas. Digo que bacana, e logo me corrijo: ofereço para nos encontrarmos na lanchonete de sempre. Por sorte, ela se anima. Peço para ela passar para o papai. Miguel me pergunta como estou e trato de ser honesta, digo que estou bem, que estou tentando melhorar. Ficamos de nos encontrar em meia hora, perto do colégio, na porta da lanchonete. Chego antes e os espero. Em seguida, os vejo chegar: o olhar de Lila me estremece. Nós três entramos e a ficha de Miguel cai, ele diz: vou deixá-las sozinhas, assim aproveitam melhor o café da manhã. Lila sorri, como que agradecendo, e eu digo que depois a deixo em casa. Pedimos café com leite, torradas e marmelada de pêssego. Lila trouxe a mochila, fazemos a tarefa: copiamos letras no caderno de caligrafia, adicionamos balas, subtraímos sorvetes, lemos um conto com colinas e campos. Pergunto sobre o aniversário de sexta-feira: Liam, meu amigo se chama Liam, seu pai vive na Inglaterra e tem uma iguana de estimação. Liam fez oito anos e o seu bolo era um campo de futebol. Com jogadores e tudo. Um mágico fez aparecer dois coelhos enormes, uma galinha feia, quatro pombos pintados e uma chinchila: mamãe, amei a chinchila, podemos comprar uma? A deixo em casa e volto para a minha varanda. Se não fosse por Lila, começaria tudo do zero. Mas Lila existe; chega de perder tempo. Começo a trabalhar: baixo a persiana, apago as luzes e me deito na cama. Cubro-me até o pescoço e fecho os olhos: as lembranças precisam de escuridão.

13 DE OUTUBRO

Não passo nada a limpo. Não há passado. Tudo negro.

14 DE OUTUBRO

Acordo cedo, ainda não amanheceu, mas distingo a silhueta da mesa na varanda. Alegro-me ao vê-la: eu a escolhi. Não vejo o sol, mas sei que está prestes a sair: meu pedaço de céu clareia, de azul a lilás, de lilás a amarelo, de amarelo a azul claro. Me visto e saio pra caminhar. Caminho por duas horas. E começo a suar. E me dá sede. Entro em um bar, ainda que não saiba onde esteja nem quantas quadras caminhei. Entro olhando as mesas: toalhas roxas, flores de plástico brancas em vasos cinzas. Escolho uma, perto da janela que dá pra esquina. Enquanto sigo até a mesa, alguém me cumprimenta. Passo sem responder. Busco um garçom com o olhar, mas uma mulher se aproxima. Anita? Ana Linares?, pergunta. Forço a visão, como se tivesse memória. Em seguida, percebo: não posso reconhecer ninguém. Não é a primeira vez que isso acontece comigo: cumprimentam-me na rua e me sinto um espelho enferrujado. Sim, respondo, sou Ana Linares. E antes de perguntar algo, escuto: sou Verónica, lembra de mim? Pergunto-me se será a Verónica, amiga de escola, aquela que mamãe tanto me fala, ou se será outra Verónica, talvez uma companheira de trabalho ou uma mãe do colégio, e fico calada. Ela segue: Verónica, Anita, Verónica Capurro, mudei tanto assim? Compreendo que é minha amiga de escola mesmo e começo a sorrir. Peço para ela se sentar. Vejo como ela caminha até sua mesa, pega seu café, sua bolsa, e volta até mim. Como você tá, Anita? Sua voz não me comove e a princípio só sinto que ela é um rosto insolente que desaba em mim. Depois recapitulo e aceito sua presença, tenho vontade de dizer que não me lembro de nada, mas guardo essa informação e a convido a falar: tanto tempo, Verónica, o que conta de novo? E Verónica diz que está divorciada, que tem dois filhos, que trabalha no Ministério de Ação Social e em seguida fica toda emocionada em me ver e começa a falar: meu Deus, Anita, que lindo te reencontrar! E eu escuto o nome Anita e fico muda, com um nó na garganta, meus olhos coçam e começo a chorar. E Verónica, sem entender, me pega pela mão e diz: não seja brega. Observo-a e choro mais, choro pior. E ela sem entender nada, até que explico: não sei quem é você, Verónica. Não me lembro de nada. E conto tudo, como se fosse uma irmã. Verónica fica sabendo que eu não sou eu, ou que sou eu, mas outro eu. Um eu sem passado. E noto que ela fica perplexa, e me olha com frieza, porque fica só, com um trecho de passado sem eco: não posso certificar suas histórias. E então escuto que Verónica me diz que não pode ser. Verónica que assegura que vou recuperar minha memória. Verónica que me obriga a anotar seu telefone e que anota o meu. Verónica que promete que vamos nos ver em breve: vou fazer de tudo para você se lembrar das coisas; não pode ser, Anita, não pode ser, diz, e paga a conta e sai pela porta de vidro do bar com toalhas de mesa vermelhas e flores de plástico. E eu caminho trepidante até chegar em casa, chego abatida, e suada, e me meto no chuveiro de água furiosa e enquanto a água me golpeia, repito: não pode ser, Anita, não pode ser.

15 DE OUTUBRO

Meu primeiro sonho em quase dois anos. O sinto em minha memória: uma sensação de história ou de tempo extra. Corro para a cozinha e anoto com o pincel vermelho, em maiúscula, sonhei ontem. Preparo um café e o tomo na mesinha redobrável da cozinha, enquanto penso que teria que me jogar na cama pra ver se o sonho volta. O telefone toca: meu advogado. Ele diz que o julgamento está chegando e que vão fazer uma perícia comigo: só para confirmar que você perdeu a memória, Ana, será muito importante. Anota a data: 20 de outubro, 14h30. Eu estarei contigo. Desligo e toca de novo. Penso que é ele outra vez, que se esqueceu de me dizer algo, mas é minha mãe. Escuto: como você tá, Ana? Fala comigo como uma ave agourenta, sua voz soa como reprovação e cheira a velório, digo que farão uma perícia comigo no dia 20 de outubro, sei que ela gosta de escutar isso. Pergunto-me se seria interessante falar pra ela que me encontrei com Verónica. Decido não contar e pergunto da tartaruga. Falamos por três minutos; ela sugere vir me visitar, digo que por enquanto estou bem sozinha. Volto a sentir sua respiração agitada e corto o sermão que está por vir: mamãe, já já estarei melhor, nos vemos nesses dias. Desligo e sinto algo parecido com um alívio.

Trato de me encontrar com o sonho de ontem. Pena que não me restaram imagens. Me pergunto se Verónica tem algo a ver com ele. Decido ligar pra ela, deixo mensagem: Verónica, sou eu, Ana, me liga quando puder. Por sorte, assim que desligo, o telefone toca, é Verónica. Fico tremendamente aliviada, parece que afasta de mim o fantasma da loucura. Anita, ouço, tudo bem? Sim, digo a ela, entusiasmada, e conto: parece que sonhei ontem. Não posso me lembrar de nada, mas acordei com a sensação de ter alguma história dentro da minha cabeça. É meu primeiro sonho, Verónica, meu primeiro sonho desde o acidente. Ela me parabeniza, toda feliz. Verónica me transmite uma sensação de confiança que me agrada. Lembro-me da louca dos cabelos revoltosos e túnica hindu: ficamos de jantar juntas no sábado. Busco o cartão: Pátio Escondido, reservo mesa para dois.

16 DE OUTUBRO

 Amanheço cantando. Canto algo, sussurro, não sei qual é a melodia, mas canto. Eu a puxo da memória: a sussurro com solvência. Vou ao banheiro e volto, não deixo de cantar, não quero perder a melodia. Ligo pra minha mãe: mamãe, escuta isso, canto pra ela. Você sabe que música é essa?, pergunto, enquanto sigo sussurrando baixinho, para não perdê-la. Mas mãe não me responde. Mãe, tá aí? Sim, Anita, ouço meio cortado, mas sinto que ela chora. Sigo cantando pra dentro, aguardo um pouco, e ouço: é folclore, filha, seu pai escutava essa canção todas as manhãs antes de te levar pra escola. Você a escutava todos os dias, Anita, todos os dias antes de ir pra escola, entre seus seis e nove anos. Ou dez, mais ou menos. Mamãe, você vem me visitar? E ela diz que sim, que já tá vindo. Canto a manhã todinha, limpo a mesa e a cadeira da varanda, faço a cama, lavo o banheiro, sigo cantando, saio pra rua, gasto o que não tenho: compro outra cadeira com suporte para os braços. Chego correndo, passo um pano nela, a coloco na varanda, do outro lado da mesa, que agora tem duas cadeiras. Tomo banho e a campainha toca: é mamãe. Abro e a vejo com seu rosto limpo, suas rugas brancas, seus cabelos recolhidos, cansados, e percebo que ela saiu do jeito que estava, sem se arrumar. A abraço com força e canto em seu ouvido. E ela não me abraça, porque usa as mãos para segurar a torta de espinafre, mas canta o mesmo que eu, e é como um eco, o primeiro que tenho, o primeiro que me comove, porque sai de mim, do meu eu com ontem. Almoçamos juntas, uma salada na varanda, que agora tem duas cadeiras, brancas, de plástico, e se veem perfeitas. São 15h30 e me dá vontade de pegar Lila. Deixo mamãe na parada do ônibus e sigo meu caminho. Lila não me espera, Lila não me vê. Caminha até o transporte escolar que a levará até sua casa. Sai devagar, com sua mochila e uma amiga, de mãos dadas. Paro em frente e seus olhos me encontram: vem correndo e me abraça. Se despede da sua amiga, certa do lanche que a aguarda. Não a desaponto: vamos direto a lanchonete. Eu, com sua mochila no ombro; ela, com sua mão agarrada ao pouco de mãe que ela tem. O garçom nos reconhece, olha pra ela e pergunta: o mesmo de sempre? Lila assente com a cabeça e percebo o quanto ela gosta dessa rotina. Temos tarefa pra hoje?, pergunto, e ela diz que sim. Proponho deixá-la para o domingo: hoje é sexta, temos tempo. Pergunto da amiga que estava de mão dada com ela: se chama Camila, me explica, tem um coelho e é a minha melhor amiga. Digo que é lindo ter amigas; me escuto falar e penso que é verdade. Conto que encontrei com uma amiga do colégio, ontem, e que amanhã vamos jantar juntas. Filha, vou te ensinar uma música que lembrei hoje de manhã. Canto uma vez e ela pede para eu cantar de novo. Ensaiamos: repito até ela aprender. E então a escuto cantar sozinha e minha boca se enche de passado: escutávamos essa música com seu avô, quando ele me levava pra escola, digo a ela, e saímos alentadas do bar. Ela, com a alegria de uma mãe que fala do ontem; eu, estreando algo similar à memória.

17 DE OUTUBRO

Verónica me ligou para reconfirmar nosso encontro, digo o endereço e explico que por fora parece uma casa antiga: é a casa dos choupos, vou ficar te esperando na porta. Me pergunto quais serão as histórias que Verónica me contará e qual será o efeito delas em mim. Estou feliz em vê-la. Desço. Planto-me entre os choupos e aguardo. A noite está cálida, como no verão, e há lua, quase cheia. Vejo um táxi parando quase na porta: desce um casal, rindo. Ela, com um vestido azul bem apertado; ele, com um suéter branco nos ombros: caminham de mãos dadas, até a porta. Tocam a campainha. Chega um carro e estaciona próximo de um dos choupos: descem dois homens, com mocassins, calças brancas, camisas de algodão. Se dão as mãos. Tocam a campainha. Chega Verónica: se aproxima com um vestidinho branco e a pele bronzeada. Cumprimenta-me calidamente, abraça-me, diz que se alegra em me ver, que lugar peculiar que a convidei, e ri com seus dentes de propaganda de pasta de dente. Respondo que só vi entrar casais até agora, homossexuais, heterossexuais, mas casais, e agrego: passaremos por lésbicas essa noite. E seus dentes imaculados voltam a abrir e eu me dou conta de que me sinto à vontade com Verónica, ainda que não recupere meu passado, penso, poderia ser sua amiga de novo, desde o zero. E tocamos a campainha. A mulher com a túnica hindu abre a porta: reconhece-me e me dá as boas vindas. Nós entramos: cheira a jasmim, como antes, mas tudo parece mais sensual: há pouca luz, só umas lâmpadas tênues e velas: velas nas mesas, nos cantos, no pátio, no jardim. Os vidros coloridos se estiram em reflexos dourados sobre as toalhas brancas de mesa. Oferecem-nos um Campari, que aceitamos, e saímos até o jardim: há dois casais sentados sobre almofadas na grama, rodeados de velas coloridas. Nós nos acomodamos em um banco de madeira, ao lado de um pequeno lago com peixes. E observamos ao redor. Nossos olhos não alcançam ver tudo. Tinha razão, ela diz, e agarra minha mão como se fosse minha namorada. Deixa de palhaçada, digo, e nós duas rimos. Depois de um tempo aparece o chef e nos convida para conhecer a cozinha, a degustação inicia com morcela com pera no caramelo de manteiga, lentejas redondas com sementes de sésamo e bálsamo de milho e pesto de rúcula com coentro: com a fome que tenho, Anita, e você me traz bem pra cá, escuto sua voz forte, e nós rimos mais. Me prometeram comida do norte, Vero, abrevio seu nome pela primeira vez, pensei que comeríamos empanadas tucumanas ou algo assim, me desculpo, mas ela diz que não tem importância e percebo que ela tem um paladar instruído; me faz um sinal para irmos até a cozinha: todos foram, não podemos ficar aqui. As pessoas, uns dez casais no total, se deleitam com tudo e dão a impressão de estarem no lugar certo. São pessoas equilibradas, sorridentes, imaculadas, postais inverossímeis do que não tenho. Percebo que escolhi o lugar errado: não é o local propício para lembranças. Falo no presente durante a noite inteira. Ela pergunta se tenho namorado e explico o que está acontecendo com Miguel, assim como com os milhos. Você mudou seus gostos, ela me diz em seguida. Volto pra casa e anoto: mudei meus gostos.

Penso em Miguel durante a noite toda.

18 DE OUTUBRO

Dia de torradas e tarefa na lanchonete. Leio o caderno de comunicações da Lila: 7 de dezembro será o evento de final de ano. Vão estar todas as mães, penso, e os pais, e as crianças fantasiadas. Fico com um pouco de fobia, mas felicito Lila e digo que estarei muito feliz em acompanhá-la.

19 DE OUTUBRO

A intensidade dos últimos dias me oprime: amanhã tenho a perícia.

20 DE OUTUBRO

O advogado sai entusiasmado: você perdeu a memória, grita animado, viu, saiu tudo bem, Ana, e tenho vontade de matá-lo. Os advogados não entendem nada, anoto em vermelho, e passo a tarde na minha varanda.

Parte III

Lila vive comigo há dois anos: ela veio mais ou menos na época do casamento de Miguel. Foi uma festa linda, eu mesma o incentivei a se casar. Prometi para ele que estaria presente e, de fato, não me arrependo: nessa noite conheci Pablo, um engenheiro que aceita que eu não tenha passado, ou que se conforma com meus poucos anos de passado; não necessitamos mais do que isso. Pablo não tem com o que me comparar; não tem saudades do que eu era antes, não me contrasta e, sobretudo, não é nostálgico: me olha no presente. E quando pergunta pelos meus gostos, posso responder sem riscos e sem esforços: já não tenho que buscar nas lembranças do que já fui. Posso ser essa que sou, sem me preocupar pela derrocada que minha desmemoria poderia causar.

Trabalho na construtora de Pablo: atendo os clientes. Os recebo quando chegam com seus projetos e os escuto com atenção. Me acompanha Ovidio, o arquiteto que toma nota de tudo. Depois convertemos os projetos em planos; trato de fazer com que todos tenham uma varanda. Explico que é importante. As paredes se levantam e se derrubam através dos lápis, reunião atrás de reunião, até que noto que os planos refletem o desejo deles. Dou-me conta disso porque chega um dia que eles os observam como se respirassem um ar fresco. Quando isso acontece faço um gancho com tinta nanquim e o plano se torna real: o desenho se constrói com tijolos.

Quando meu julgamento foi concluído, me mudei. Meu novo apartamento tem dois quartos e uma varanda com móveis de jardim. O escolhi pela localização: é possível ver o entardecer. Coloquei espelhos enormes em todos os ambientes; os espelhos me fizeram muito bem. A princípio tinha a necessidade de me olhar neles constantemente, como se esses reflexos pudessem me reconstruir. Agora nem os noto: sei que estão ali, mas não me busco mais neles. Tenho alguns anos de lembranças e com isso vou vivendo. Para Lila também parecem ser suficientes: ela já não me olha mais buscando se preencher de ontem.

Ninguém ali

O velho abre o armário e começa a mexer nele. Busca o cinto que sua esposa o presenteou. Ela não está mais entre nós, mas estava quando ele fez oitenta anos. Deu este cinto para que ele usasse na noite do seu aniversário. Se você não colocar esse cinto suas calças vão cair, velho, você tá magro, não tá comendo nem sopa. Faz cinco anos que essa festa aconteceu. Enquanto remexe o armário busca repassar esses anos, mas não pode, sua memória se enche de intermitências.

Sabe que seus desvarios se interrompem em raptos de lucidez, como agora, que se sente lúcido e busca o cinto. Você deve economizar, juntar dinheiro e guardar, vai que a aposentadoria não seja o bastante, junta, assim vai ter algo quando precisar. Olha a estante das camisas e a gaveta com as meias, mas o cinto não está lá. Abre a gaveta com os pijamas, e nada também. Se lembra das gravatas e acredita que pode estar por ali. O velho guarda suas gravatas em cabides: ele tem muitas, de distintas épocas. Tem uma azul com riscos brancos: gostava muito de usar essa gravata nos seus cinquenta anos, seu filho que o presenteou. Feliz dia, papai, quando voltou da Europa, tanto sucesso, e essa gravata. E ele orgulhoso, meu filho voltou. Esse filho não está mais entre nós também, sofreu um acidente, faz tempo, com uma moto. Ele deixou de usar essa gravata para salvar a si mesmo da tristeza, ainda que a conserve pendurada em um cabide, enquanto busca encontrar este cinto que não aparece. O velho fecha com esforço a porta do armário e com certa expectativa abre a outra, a de roupas penduradas, de cheiro de naftalina, de casacos verde escuro, marrom claro, preto absoluto. E de gravatas. Olha bem: dois cabides com gravatas penduradas. As classifica por cores. Revisa todas. Uma por uma. O cinto não está. O velho pensa, de si, tenta lembrar quando usou esse cinto pela última vez, acredita que foi no enterro da sua esposa, quando colocou o terno preto e a gravata preta fininha que seu pai o presenteou, quando se formou em engenharia. Parabéns, filho, olha aqui um presente pra você usar na entrega do diploma, você engenheiro, eu carpinteiro. Tanto orgulho. Mexe nas roupas e encontra o terno preto. Sim, efetivamente o cinto estava ali, na calça que usou no enterro.

O velho pega o cinto e se senta, com olhos de água, na beira da cama.

Ultimamente o velho chora bastante. Às vezes não sabe o motivo. A vista fica desfocada e ele percebe que umas lágrimas molham o nariz, sente o líquido tíbio descer em câmera lenta. Algumas gotas chegam até sua boca, então ele as engole e levanta os óculos para secar as rugas com o dorso ossudo da sua pele manchada.

Chora muito, o velho, nesses dias, e não sabe o motivo. Acredita que viver sem ela é difícil, tantos anos juntos, ela conversando, cozinhando, velho, vamos tomar uns mates, e agora que o almoço é tão solitário, e o chá com gosto de nada, e a rádio tão inútil, e o banco da praça tão mudo, e o passeio pra comprar o jornal, interminável.

Talvez seja o inverno que o entristece, pois ele fica com frio. Ou o que ocorreu ontem, com esses homens do banco tocando sua campainha, falando das novas notas de dinheiro que o governo está colocando no mercado, oferecendo ajudá-lo, para saber se o seu dinheiro ainda serviria. E ele todo correto, indo buscar no armário o seu dinheiro e entregando a eles. E ele ainda voltando ao seu quarto, pois lembrou que poderia ter mais dinheiro nas suas meias. Você junta para quando fizer falta. E mexendo nesse armário, nas gavetas, até encontrá-los. Uns pesos a mais para os senhores do banco revisarem. E voltando à sala, com esse pouco mais nas mãos, você junta, e a sala vazia, e o velho em câmera lenta, e ninguém ali. E ele os chamando, senhores do banco, senhores do banco. E ninguém ali. E ele percebendo. Sentindo-se idiota. Chamando seu sobrinho. E seu sobrinho mudo no telefone, deixando em evidência a sua torpeza.

Agora o velho olha para o cinto de couro negro que usou nos seus oitenta anos. Para ele é melhor assim. Sabe que isso é um rasgo de lucidez, um instante que vai se desintegrar nas intermitências da sua memória. Ele se perde nestes afastamentos, não há ninguém ali, e depois percebe, mas são só rajadas. Então segura o cinto, não há mais dúvidas, o acomoda ao redor do pescoço, assim suas calças não cairão, aproveita que está lúcido, economize, a sala vazia, e ninguém ali.

Matem os pombinhos

Poucas coisas me soam mais penosas que um casal de cinquentões recém-apaixonados rindo mutuamente das suas tristes sacadas. Não percebem que estão em público nem dão sinais de pudor diante das circunstanciais testemunhas, as colocando em um lugar que se assemelha bastante ao de estar presenciando o sexo alheio. Os bons modos obrigam aos demais a permanecer imutáveis, com um sorriso congelado nos lábios, reprimindo no rosto todo efeito disparado nos circuitos nervosos e que, basicamente, circunscreve a dúvida de até quando o casal de pombinhos continuará neste insensato chilreado. Enquanto isso ocorre, a testemunha involuntária se vê compelida ao esforço de morder os próprios lábios e ocultar o embaraço que a cena lhe provoca.

Detectei que existem casais que levam essas situações a extremos patéticos, sobretudo quando se encontram no alvorecer de suas relações. Nessas ocasiões, o casal pode sustentar essa linguagem risonha e incompreensível ao longo do encontro todinho. Assim, por exemplo, se o casal fosse a um jantar, os convidados seriam obrigados a escutar um conjunto de comentários insensatos envoltos em risos ininteligíveis e olhares pegajosos desde o primeiro até o último prato, e esse casalzinho se retiraria do local com o êxito de terem ido a um lugar público como se não tivessem saído da bolha em que habitam.

Por sorte, em tais casos é normal que os pombinhos sejam os primeiros a se retirar; essa circunstância brinda aos outros convidados com alguns breves momentos de distensão no final do jantar.

Fica claro que os potenciais danosos dessas situações se encontram indissoluvelmente ligados à regra básica da proporcionalidade. Assim, por exemplo, se alguém tem o infortúnio de participar de um jantar com, digamos, seis ou oito convidados, bastará um casal de pombinhos para arruinar todo o encontro, condenando os demais convidados a vários momentos de olhadas tortas de canto de olho, ou de comentários deslocados, quando não ao mais puro dos silêncios incômodos. Da mesma forma, é bem óbvio que o casal de pombinhos irá causar um incômodo infinitamente menor em uma festa cheia de gente, exceto quando um dos cônjuges decida soltar alguma gracinha no mesmíssimo momento em que o aniversariante decida dizer umas palavras diante do bolo de aniversário. Nestes casos, a incomodidade resultará breve, mas de uma intensidade insuportável.

Bem, dito isso tudo, como se compreenderá, é apenas a introdução, permitam-me contar que padeço, há um tempo já, das insensatezes da minha irmã.

Domingo passado estávamos tranquilos, meu esposo e eu, em casa, tomando uns mates, eram às cinco de uma tarde pacífica, e em um impulso daqueles que os pombinhos não conseguem nem buscam reprimir, decidiram que era uma boa ocasião para fazer a social, passar para dar um oi: essas coisas que os pombinhos terminam fazendo pela culpa de viverem tão confinados.

Eu acredito que, em algum momento inespecífico de suas meiguices, uma difusa via de ínfima consciência deve interrogá-los, deve forçá-los a perguntar como estará a vida do lado de fora e então decidem, unilateralmente, que o mundo merece uma exibição explícita das suas vidas privadas: despertam do letargo e saem a exibir seu amor único, puro, cristalino, eterno e redondo como a lua cheia, ao mundo, esse mundo geralmente privado de um amor semelhante.

Algo disso os trouxe a minha casa, naquele domingo.

Raúl abre a porta e vejo a minha irmã entrar, exultante, ela inteira transbordando uma inexpugnável simpatia. Arrasta a mão do namorado torpe, um engenheiro que conheceu na fila de um banco, numa manhã calorosa de verão, dois meses atrás. Se aproximam e tomo a dimensão do caminho de pura decadência que minha irmã vem tomando para si: o engenheiro torpe era um grandão bronzeado, com uma corrente de ouro pendurada no peito de símio e uma cabeça imensa com forma de panela, cheia de cabelos brancos e apenas separada das sobrancelhas selváticas por uma estreita testa oprimida de tanta massa capilar.

Enquanto eu me esforçava para que meu rosto mantivesse o sorriso estirado, eles já haviam se apoderado da chaleira e me ofereciam um mate entre risos psicóticos. Os pombinhos têm esse defeito também: são confiantes, vertem a intimidade obscena que conquistam em seus confinamentos a qualquer um que sua metade da laranja sinalize como familiar ou agregado, como se essa relação de falsa intimidade que conquistaram pudesse se contagiar ao seu entorno pelo simples efeito do contato visual.

Quase peço permissão para ir ao banheiro para tomar um ar, olhar meus olhos, constatar que o estupor ainda estava escondido em mim, mas optei por balbuciar um *já venho*. Olhava-me no espelho do banheiro, jurava que eles iriam embora em breve, que tranquila, que já tão indo, que não ria deles, calma, tudo passa e todas essas coisas que podia dizer a mim mesma como para assegurar que a tarde seguiria em paz. Queria evitar o conflito: minha irmã não era fácil, gostava de me atormentar pedindo opiniões sobre seus pombinhos. Havíamos tido uma discussão, uns cinco anos atrás, quando ela começou esse caminho de escolhas decadentes. Lembro que nessa noite, quando ligou para pedir minha opinião, fui completamente honesta e disse que o sujeito que estava com ela parecia um perfeito exemplo de homem submisso, um banana. Em outro momento de nossa relação isso iria gerar uma risada entre cúmplices, mas neste dia ela se ofendeu e deixou de falar comigo por alguns meses. Como suas escolhas foram só piorando, meus comentários se tornaram cada vez mais impostados: ressaltava a qualidade mínima que detectava nas massas de decepção que ela me apresentava, e comecei a repetir mais do mesmo para ela: parece bacana; é honesto; dá pra ver que te ama. Como é difícil inventar um discurso assim do nada, saí do banheiro decidida a encontrar alguma qualidade no mico peludo em questão.

Quando cheguei à mesa e os encontrei soltando aquelas típicas frases ininteligíveis, nessa língua inventada e carregada de sorrisos e de gracejos infantis, não estive segura da efetividade do discurso que havia imposto a mim no banheiro. Acredito que Raúl percebeu, porque começou a me dar uma mãozinha. Dizia: Linda, vamos pegar uns biscoitinhos? Depois: A água do mate tá fria, né? Vamos esquentar? Eu assentia agradecida e acredito que nunca estive tão ativa. Demorava na cozinha o máximo que podia e voltava depois de um tempo com os biscoitos, a água no ponto, o cinzeiro limpo, um pano para secar umas gotinhas que o mico havia deixado cair sobre a mesa, e assim fomos indo. O martírio, amplificado neste domingo pela regra básica da proporcionalidade, acumulava já duas horas de comentários deslocados quando Raúl, em um segundo de lucidez descomunal, decidiu olhar seu relógio e dizer algo que me deixou extasiada. Quis ficar de pé e beijá-lo e agradecê-lo: acredito que ele leu em meus olhos. O que não imaginei foi que essa frase fosse desencadear tudo. Raúl disse: Opa, linda, já são sete horas. Pancho nos esperava de seis, lembra? A frase de Raúl foi muito efetiva, porque eu pulei da cadeira imediatamente, os pombinhos desfizeram o nó que amarrava suas mãos, e em seguida estávamos todos de pé. Eu, com a chaleira e um pratinho, caminho até a cozinha; Raúl, escutando dos lábios alegres do Neandertal alguma insensatez; e minha irmã assentindo com o monólogo do mico desde seus olhos de bezerro degolado. Não sei como, assim que eu coloco a chaleira e o pratinho na pia, aparece a minha irmã na cozinha. Seus olhos refulgem e se cravam nos meus com uma ilusão cúmplice. Sua voz me pergunta: E aí, o que achou dele? E eu, em vez de mentir, em vez de responder com um olhar de aprovação, ou com um miserável monossílabo de anuência, ou embora fosse com um mínimo movimento complacente, em vez de qualquer um desses gestos, e, ainda em vez de pronunciar qualquer palavra, desabei numa gargalhada irremediável.

Fendas

I.

Tem dois respiradouros e ambos dão para a área externa da minha casa. Sua voz chega até mim através desses respiradouros. Ouço-a sempre quando saio com minha taça ou minha xícara. Não importa a hora que eu saia: a voz sempre está lá. Me mudei há dois anos e no dia da minha mudança já estava ali. Sei que pode parecer curioso, mas em todo esse período não teve um dia ou noite em que eu saísse e não a escutasse. Até pensei que havia uma mulher aprisionada nesses respiradouros: uma mulher que grita, desvairada, que se lamenta, soluçando, insultando, se desfazendo, desde essas fendas. Algumas vezes evitei ir ao jardim só para não escutá-la.

Comprei essa casa porque gostei da área externa, inclusive abri mão de uma propriedade melhor localizada por causa disso. A mulher da outra imobiliária tinha me advertido: essa casa tem uns vizinhos terríveis. Disse isso. Nunca havia escutado algo assim: que uma imobiliária fizesse menção dos vizinhos como se fossem variáveis que incidissem no valor relativo do imóvel, como uma visão agradável ou uma má orientação. Nesse momento ignorei seu comentário porque me pareceu impossível que conhecesse todos do bairro para ser apta a ponderar algo sobre uma propriedade só por causa dos vizinhos dali. Ademais, os vizinhos podem se mudar. E, de qualquer maneira, sempre havia sonhado com uma área externa como essa; não iria abrir mão dela. Meu apartamento tinha uma varanda minúscula com vista para as quatro linhas de ônibus que aceleravam exatamente na frente do meu apartamento. A decisão de mudar de bairro estava indissoluvelmente ligada ao meu padecimento anterior. Quando visitei a casa pela primeira vez já reparei nos tijolos de vidro e nos respiradouros. Estávamos com a arquiteta setentona e ruiva da imobiliária e assim que pisamos no jardim, a voz estridente da vizinha nos recebeu. O que escutamos então não foi lá grande coisa: duas ou três palavras irritadas, como em um final de frase urgido, próprias de quem anda irritado ou reclamando de alguma coisa. Não lhe dei cabimento, estava absorto na área externa: tinha quatro colunas de ferro antigo e dava a um jardim quadrado, coberto de gramas, com jasmins perimetrais. Dois tordos saíram disparados quando caminhamos até o fundo. Assim que voltamos, detive minha visão nos respiradouros e nos tijolos de vidro que ficavam intermediando essa casa com a dos vizinhos. Essa casa era a segunda contando desde a esquina: tinha vizinhos em ambos os lados. No lado esquerdo se viam os respiradouros brancos, quadrados, e um tijolo de vidro próximo, também quadrado. No lado direito, na mesma posição, tinha um tijolo de vidro e nenhum respiradouro. Apontei isso para a arquiteta que me mostrava a casa, ela me respondeu cansada, como se minha inquietude fosse completamente irrelevante: se você quiser pode tapar isso. Descartei essa ideia imediatamente: sooou-me um sinal de pouca civilidade. Não iria conseguir curtir minha área externa tirando a luz ou a ventilação dos meus vizinhos.

Assim que estreei a casa, escutei a voz: vinha dos respiradouros da esquerda. Não dei importância e fui dormir, esgotado pela movimentação da mudança.

Na manhã seguinte saí para tomar café e sua voz já estava ali.

No começo escutava um lamento vago: como uma prece. Não conseguia distinguir o que dizia, do que se queixava, o que a alterava. Só me chegava o lamento monótono da sua voz aguda:

como uma cadência perpétua e constante. Não é bem verdade que eu não entendesse nada: ainda que nenhuma frase resultasse compreensível, ainda que nenhuma palavra se traduzisse em meus ouvidos era claro que do outro lado se encontrava uma mulher ofendida, triste, indignada, e também furiosa.

Com o tempo comecei a entender algumas palavras: fundamentalmente, os insultos. Te odeio, filho da puta, te odeio, diz. Suponho que se dirige ao marido. Nunca ouço a voz dele: o que escuto é um monólogo. Um monólogo de xingamentos intermináveis: você me diz que vai embora, e vai. Ou um lamento eterno: olha o que você fez com a minha vida, seu merda. Ou uma angústia que reverbera: você é nojento, te odeio. Tudo isso sai dos respiradouros. Quando saio com minha taça e me deparo com isso, passo por diversos estados de ânimo. Há noites em que me pergunto o motivo dessa mulher seguir com esse homem. Se sofre tanto, se não conseguem se entender, me pergunto o que a motiva a seguir ao seu lado, a manter esse horizonte de pura reclamação. Me pergunto agora que já passou tanto tempo, o tempo necessário para inferir que não se trata de uma crise nem de uma briga passageira: se trata de um modo de vida. Esse modo de vida me invade através dessas fendas. Tenho devaneios a respeito disso, vontade de correr como um louco, abraçar a mulher da outra imobiliária, ajoelhar-me e dizer com um frenesi irrefreável: você tinha razão, senhora, minha casa tem uns vizinhos horríveis. Em outras noites me invade uma compaixão abrasadora, penso neles e fico com muita pena.

Durante bastante tempo acreditei que esses respiradouros davam para a casa da esquina. Mas me custava acreditar que esse modo de vida correspondesse aos meus vizinhos da esquina, tão afáveis. É verdade que só conhecia suas vozes através de alguns balbucios de *bom dia*, de pura formalidade, mas seus sorrisos serenos me impediam de associar essa imagem pública àquele inferno particular. Um dia quis tirar essa história a limpo: medi a distância desde a linha de construção até os respiradouros. Pertenciam, de fato, a outra casa: a segunda ou terceira sobre a rua perpendicular a minha. Aliviou-me concluir que não os conhecia nem um pouco.

Comecei a imaginar quantos anos eles teriam: não pareciam ser um casal jovem. Porém, a voz dela era tão aguda que tornava difícil adivinhar sua idade. Às vezes pensava que era um casal de pessoas mais velhas, sobretudo quando a voz dizia que ele havia arruinado sua vida. Olha o que você fez com minha vida, escuto, e penso que se arruinou sua vida devem ser mais velhos. Outras vezes essa voz me parecia demasiada viva ou com um ímpeto muito agitado, próprio de quem ainda tem muito tempo pela frente: parecia reclamar a longo prazo. Poderia estar reclamando também da falta de futuro. Como seja, decidi que se trata de uma mulher de uns sessenta anos, sessenta e dois.

Cheguei a me acostumar com suas reclamações e terminei aceitando-as, da minha maneira. Em noites normais consigo até ignorá-las. Me refiro àquelas noites em que o nível da sua raiva permanece estável: como se a voz recitasse um padecimento que já conhece de cor. Eu também conheço suas reclamações de cor, e isso me acalma. Há outras noites, em compensação, em que o volume dos seus xingamentos alcança níveis absurdos, fazendo com que seja impossível me manter distraído em meus assuntos. Em noites assim, dependendo da minha própria sensibilidade relativa, ou me dedico a escutar tudo com suma atenção, ou decido sair da minha área externa, não sem certo pesar.

Numa noite de espanto, cheguei a pensar que deveria intervir de algum modo. Me ocorreu, por exemplo, que deveria gritar, próximo do respiradouro, pra ver se percebem que alguém os escuta. Ou a escuta, pois na verdade é só ela que grita. E isso também é curioso. Me perguntei insistentemente por que nunca escuto a ele. Por que permanece quieto ou fala tão baixo que não posso escutá-lo. Me pergunto se minha vizinha não será uma louca que fala com as paredes pois não tem com quem falar.

Sim, às vezes penso que ela está sozinha e grita a um fantasma que a assedia. Como eu, que tenho meus próprios fantasmas e penso que os tenho dominados, mas sei que com fantasmas nunca se sabe.

II.

Se em alguma noite saio pra área externa e não a escuto, começo a sentir saudades. Percebi isso ultimamente: espero encontrá-la. No geral, sua voz aparece em seguida, nunca me decepciona. Até me perguntei se não ando saindo pra área externa da casa só para encontrá-la. É que essa mulher precisa de companhia. E ainda que ela não saiba, eu a acompanho todas as noites, com minha taça, que me alivia, ou que me brinda com um conforto que demoro a entender e que não posso renunciar.

Lembro dos primeiros impulsos, quando tinha acabado de me mudar: desejava febrilmente que ela não estivesse, que sua voz fosse silenciada. Me trazia lembranças, como um martírio. Foi uma época repugnante. Eu estava escapando do meu próprio inferno e agora era testemunha de outro inferno semelhante, próximo, involuntário dessa vez. Como se meu passado quisesse se perpetuar nesta voz aprisionada nos respiradouros. Ou como se esse passado estivesse decidido a me provocar, dizendo-me: estou aqui, para que me ateste, para que certifique seu próprio horror, para que possa me escutar todas as noites, todas as horas. E se envergonhar. E se lacerar. E se arrepender.

Creio que sei quando comecei a buscá-la. Era uma noite de espanto: de chuvas frias e ventos cortantes. Saí à área externa com um cobertor nos ombros e um copo de conhaque entre as mãos. Rogava para que ela não estivesse. Sabia que era em vão, mas saí rezando internamente. Sua voz não estava ali. Agradeci o silêncio e dei um trago grande: o líquido desceu devagar, como uma lixa, e chegou nas minhas entranhas junto dela, que já saía dos respiradouros: não serve pra nada, imbecil, você é um lixo. Senti algo estranho então: uma necessidade de pedir que não se calasse, que seguisse gritando, teimando em pensar que seu desvario era minha própria salvação. Nesta noite comecei a me sentir grato: essa voz me salvava do esquecimento. Isso me acalmou. Comecei a sair pra área externa só para escutá-la. De fato, mesmo que a noite fosse gélida ou trouxesse consigo uma hostilidade qualquer, uns ventos de punhal ou uma chuva demencial, e mesmo que eu estivesse cansado ou sem vontade, saía de todas as formas: obrigava-me a fazê-lo. E a escutava, e me estremecia, mas seguia fazendo, convencido de que era o único remédio. Muitas noites, enquanto sucediam esses insultos que me arrebatavam, me encontrei entrando na casa só para chorar desconsolado ou para rir como um pobre diabo. Uma vez aliviado, ou acalmado, voltava a sair e continuava escutando: você não tem direito, olha o que fez com minha vida, seu merda, te odeio.

III.

Hoje ela gritava o mesmo de sempre, mas se dirigia a outra pessoa. Não conseguia entender direito, pois meus vizinhos do outro lado festejavam alguma coisa. Os sons chegavam misturados, em estéreo: uma música leve, mais tarde estridente, depois jazz, um grito destemperado, essa voz de quem fala com mais alguém, e se queixa, uma gargalhada, muitas vozes sobrepostas, e eu tentando entender com quem ela falava, talvez a uma filha, eu o odeio, é um filho da puta, o odeio, e risadas, um choro desconsolado, o ruído de pratos, de garfos e facas, um brinde, me disse que ia embora, e foi, tanto rancor, as bebidas, o barulho dos corpos que se movem, que pulam, tribais, e o ar quente, imóvel, do outro lado.

Nunca a escutei falando com outra pessoa. Pareceu que ela estava falando com sua filha, talvez uma filha velha, com uns trinta anos, que conhecia toda a história, que pudesse compreendê-la, ou ajudá-la, ou só escutá-la, até que ela desafogasse e se acalmasse e se calasse. Seja quem fosse essa pessoa, ela era de confiança, porque lhe dizia as mesmas palavras que falava sempre: os mesmos insultos. Depois vieram os sons dos boleros e ele chegou: olha só o que você fez com minha vida, seu merda. E uns minutos depois, no meio dos parabéns e do bolo de aniversário, escuto ela dizer: aqui tá a comida, come. Essa última frase pareceu dirigida a um cachorro, mas depois lembrei que não escuto latidos. Desde que ela ofereceu comida a ele, não escutei mais nada. Já se passaram quatro horas.

IV.

Já se passaram dois dias que saio para o jardim e não escuto sua voz. Atormenta-me sua ausência. Isso me aterroriza, inclusive, porque havia me acostumado a ela, como um alerta que me recordara o quão miserável as coisas podem se tornar. Erros. A ranhura que venho traçando é frágil ainda. Eu até sei, mas busco entender o porquê dela não estar ali. Não encontro respostas. Não entendo o que poderia ter acontecido. A última discussão não foi pior que as outras: não há nada que explique essa ausência. Vou pra área externa com minha taça. Estou só. Até cheguei a pensar que deveria identificar a casa e tocar a companhia, para ver se eles estão lá. Não podem ter ido viajar. Não é época de férias. E tampouco haviam saído de férias antes, não há motivo para irem agora.

V.

Ontem à noite escutei marteladas. Escutei-as enquanto jantava na sala. Me estremeceram. Fui pra fora de casa, mas não saíam dali. Então fui até a área externa e comecei a escutá-las mais fortes. Vinham do jardim. Se escutavam muitas marteladas, eram às dez da noite, não era hora de andar fazendo obras; eram marteladas furiosas, não se tratava de alguém pregando um quadro. Fiquei com vontade de gritar alguma coisa, mas não sabia o que gritar. Não podia perguntar quem estava fazendo barulhos a uma hora dessas; ou o que estavam fazendo; ou porquê martelavam tão forte. Nem faria muito sentido falar essas coisas, então eu voltei pra mesa e terminei de jantar, bastante inquieto. As marteladas me soavam insuportáveis. Durou meia hora. Meia hora de espanto durante o jantar. Terminei de comer, botei vinho na taça e fui ao jardim. Já não escutava mais nada. Permaneci em silêncio, sozinho, bebendo meu vinho, esperando que ela saísse das fendas. Esperei em vão. Depois das marteladas só restou um silêncio monstruoso.

VI.

Nunca mais a ouvi. Se passaram dois meses desde então. Às vezes penso que ela só quis se mudar, como eu. Questiono-me como será esse lugar para onde ela foi. Se ela soubesse que eu a escutava, talvez não tivesse ido. Me apavora a ideia de perder minha história; de repeti-la. Não o permito: escrevo uma lista de insultos, de lamentos, de choros, de ódios, de queixas, de reclamações, de palavrões, de rancores. Recito-os pela noite, em meu jardim, quando saio com a taça em mãos. Declamo-os com a voz impostada, forte e nítida, sem me importar se me escutam. Chego a gritar quando o silêncio me devora. Não encontrei outro modo de exorcizar meu passado. Esse método parece funcionar. Substitui sua ausência. Me enche de ódio. Me impede de esquecer.

O último diário de Ofelia Ortiz

2 DE JANEIRO

Ultimamente ando irritada. Muito irritada. Não sei quando comecei a me irritar tanto. Dia desses tentei me lembrar de algumas coisas. Me perguntei: Ofelia, quando você começou a se irritar tanto? Eu não sei. E comecei a recordar de algumas coisas. Por exemplo, lembrei do tapeceiro. Fico muito nervosa quando me prometem algo e não cumprem. E esse cara é um irresponsável. Disse que me traria a poltrona na quinta. De oito às doze, me disse. Eu esperei. E nada. Não veio. Nem me ligou. Porque qualquer um pode ter problemas, certo? Mas tamanha descortesia, não vir nem me ligar. Me irritei bastante. Liguei pra ele e reclamei. E o cara nem me pediu desculpas. Nada. Marcamos para segunda. E ele também não veio. E assim estamos. Ainda não me trouxe a poltrona, então ando lendo nessa cadeira incômoda. Eu gosto de ler na minha poltrona. Mandei-a estofá-la, pois estava muito desgastada e suja. Saiu uma oferta no jornal que me entregam no supermercado, muito econômica. Dizia: estofe sua poltrona por trezentos pesos. E eu, encantada, liguei na hora. Me atendeu um tal de Valentín. Agora tento ser amável com ele. Fico com medo dele ficar com minha poltrona. Assim que ligo e ainda que minhas tripas se revirem de ódio, digo: Seja bonzinho, Valentín, me entrega logo a poltrona. Falo com uma voz fininha, como que para ele ficar com pena e agilizar o trabalho. Combinamos de ele me entregar nesta sexta. Veremos.

O encanador é outro que me irrita. Vem ajeitar alguma coisa e deixa tudo sujo. Será que ele não percebe que estou velha e é difícil pra eu agachar e andar limpando a sujeira dele? Parece que ele não lava as mãos há alguns séculos. Eu tremo só de vê-lo entrar. Mas é o síndico que o manda pra mim, então não posso dizer nada. E ainda por cima tenho que ligar umas quatro ou cinco vezes para que me atendam. O encanador se chama Pérez. Tô mandando o Pérez, diz o síndico. Já já o Pérez chega. Assim fico aguardando a semana toda. E quando o Pérez finalmente decide aparecer, eu, no fundo, quero que ele vá embora. Pérez arruma o aquecedor de água, a goteira da cozinha, ou a chave do gás, e eu passo o dia limpando suas lambanças. Assim são as coisas. E eu me irrito. Ando falando sozinha ultimamente. Sou muito má falada por aí. Herdei isso do meu pai. Então me escuto dizendo: Pérez, puta que pariu, por que você suja tanto tudo? Digo isso em voz alta enquanto vou limpando os passos de Pérez.

3 DE JANEIRO

Ontem tive que parar de escrever porque apareceu Pedro e não quero que ele saiba que comecei a escrever este diário. Estamos casados a quarenta e oito anos. É muito tempo. Se começo a pensar nessa enormidade de tempo, sinto uma tontura. Onde era o ontem? As lembranças se convertem em uma massa de dias grudados. Se tento ordená-los, se desmancham. São restos puros. Às vezes me pergunto como é possível conviver tanto tempo com uma mesma pessoa. Não tenho ideia. Suponho que nos acostumamos. Como os gatos. Por uma migalha de calor nos enredamos na estufa, mesmo que queime.

11 DE JANEIRO

Ontem dormi mal. Pedro está com um problema na próstata e sempre acorda de madrugada. Diz que não quer me despertar, então não acende a luz. E quando começa a andar, sai batendo nos móveis da casa. Na quina da porta. Na maçaneta do banheiro. Eu digo: Querido, você faz muito barulho quando sai batendo nas coisas. E ainda por cima se machuca. E termina me acordando do mesmo jeito. Acenda a luz, por favor. Mas ele não acende, como se não registrasse o que eu dissesse. A mesma história todas as noites. Não acende a luz e se machuca umas quatro ou cinco vezes. Toda noite. Outro dia fiquei observando, enquanto jantávamos, e contei cinco roxos no seu braço, não muito grandes, circulares, violáceos, quase negros. Disse: Pedro, você vai acender as luzes? Olha só o seu braço. Me respondeu com um chiado. Como me irrita que Pedro faça isso comigo. Eu não deveria permitir.

Sábado vamos jantar na Lola. Às vezes tenho vontade de contar pra ela essas coisas, mas desde que ela sofreu o acidente não escuta bem, então tenho que falar na base dos gritos. Não é uma forma agradável de conversar. Prefiro me abster. Ademais, ela já precisa lidar com o seu marido hibrido e das múltiplas coisas que resolve sozinha. A única coisa boa que eles fizeram foi meu neto. Vez ou outra ele vem tomar mates comigo, antes de ir para a faculdade. Antonio é como um ar fresco que chega pela janela, um redemoinho que revira os móveis. Não deixa nada no lugar. Nem sequer minha irritação. Esses dias valem a pena. É como se sua paixão pela vida ficasse agarrada nas cortinas, nas paredes, nas taças. Em troca, visitar a Lola me dá muito trabalho. Tenho que treinar todas as noites antes de visitá-la. Olho no espelho e ensaio alguns sorrisos. Ensaio até que sinto que eles estão saindo com leveza, como se fossem naturais. Sempre que a vejo faço o mesmo: sorrio bastante e não lhe conto nada. Me poupo de falar o que penso do seu marido também. Mas aqui posso dizer: meu genro é um grande nada. É como um homem oco. Não fala. Nunca se sabe se está triste ou feliz. É um mistério. É como ser agasalhado por uma estátua. Lola tão alegre e se casa com esse homem-foto. E fica assim: muda. Nós mães tragamos essas coisas em silêncio.

15 DE JANEIRO

As noites estão ficando pesadas. Ando insone ultimamente. Já não me lembro onde li que há um bar onde se juntam aqueles que não conseguem dormir. Um bar que se enche de seres que se negam a ir pra cama e ficam por lá, toda a noite, como se esse gesto pudesse eternizar o dia, ou adiar a morte.

18 DE JANEIRO

Ontem foi sexta. Sex-ta. Quem tinha que vir? Sim, claro. Valentín tinha que trazer a poltrona. Mas não trouxe. Sigo sentada nessa cadeira incômoda. Ligou? Não ligou. Então hoje fui ao supermercado, reclamar da publicidade enganosa que metem na revista deles. E o que me disseram? Eles não são os editores da revista. Não sabem de nada. Tive que me limitar a deixar a centésima mensagem na caixa eletrônica do Valentín: abandonei a voz fininha e falei da forma mais energética que pude. Disse, claramente, que se ele não trouxer a poltrona nessa sexta, iria denunciá-lo para a defesa do consumidor e na delegacia do bairro. Quando desliguei, minhas pernas tremiam. Eu digo: por que é preciso falar desse jeito pra que as pessoas escutem? Não seria mais simples que as pessoas cumprissem com suas promessas? Por que temos que terminar anóxicos, tremendo, vermelhos de ódio, para que alguém nos preste atenção? Na era Paleolítica, o Homo Sapiens precisou se juntar com outros para caçar grandes animais, se não morria de fome. E de frio. Mas hoje em dia, pra que vivermos amontoados? Esse hábito pré-histórico vai terminar nos matando. Eu sei o que tô dizendo. Esse assunto de viver em comunidade está se tornando asfixiante. Te filmam. Tiram fotos. Perseguem tuas pegadas. Te monitoram. Colocam GPS no seu cu. Pior que na idade média. E aplaudimos isso como um bando de descerebrados. Nos convertemos em um imenso exército de vacas obedientes. Não fume. Não beba. Corra pelos bosques. Sue. Consuma água mineral. Faça uma colonoscopia anual. Não se esqueça da mamografia. Não deixe de atualizar sua vida pela tela do computador. Faça suas compras pela internet, pague com cartão de crédito. Use seu celular. Não deixe de nos informar. Nos alimente.

É desesperançador. Malditos estúpidos. Nenhuma revolução. Hoje as vacas estão dormindo. Dormem parcimoniosas enquanto o grande irmão as devora e as replica. E eu sigo nessa cadeira incômoda e Valentín não traz minha poltrona.

19 DE JANEIRO

Com razão insistiam tanto nesse jantar. Incrível. Lola está grávida. Tem quarenta e três anos. E um filho grande e lindo. Não entendo. Seguir trazendo gente pra esse mundo. Pode ser meu estado de ânimo. Mas não consigo entender porque Lola, que já teve um filho, que por outra parte é um sol, necessita se complicar dessa maneira e, pra piorar, ao lado deste homem absurdo. Não. Não posso entendê-lo. Eles queriam engravidar para que Antonio não fosse filho único. Nessa altura do campeonato? Antonio já foi filho único. Está na faculdade. Que tipo de irmão vão dar pra ele? A falta de cérebro me paralisa. Não posso prosseguir.

20 DE JANEIRO

Hoje estou mais calma. Não quero ser injusta. Depois de tudo, estamos tratando de uma vida. Será que ela vai se divertir? Vai encontrar sentido para tudo isso? Que tipo de vida será fabricada? Quando penso na infância, me confundo bastante. Como se fosse um território compendiado em que passamos do paraíso ao inferno, sem escalas. Me lembro que quando Lola tinha seis anos, ou menos, me disse assim: Mamãe, eu fico com fome quando o sol está na casa do vizinho. Ela não me pede um lanche. Ela me diz isso. Que quando o sol está na casa do vizinho ela fica com fome. Desde esse ponto de vista, a infância pode se apropriar do sol e colocá-lo aonde bem quiser. Desde outro ponto de vista, pode parecer bastante com a escravidão. A infância enquanto um mero treinamento para se converter em vaca. A meta da vaca que venceu na vida e é perfeita. Poucas violências são tão solapadas e efetivas.

21 DE JANEIRO

Lola é absolutamente refratária. Não notou minha perplexidade diante da notícia. Melhor assim. Às vezes me pergunto o quanto de diálogo podemos ter com um filho. Algumas mães devem ter mais sorte do que eu. Desde o acidente, Lola ficou quase surda. Se quero contar algo pra ela, tenho que pensar em frases curtas e gritar. Falamos assim agora: resumido e vociferado. Conversávamos em casa quando ela era pequena? Não lembro. Faz tempo já. Quarenta anos. O que me lembro é que Lola tinha uma risada contagiosa. Eu a abraçava e girávamos juntas, uma, duas, mil voltas, até que caíamos sobre a grama e parecia que o céu viria pra cima de nós, e Lola se apoiava em mim com sua barriguinha desnuda, e morria de rir. Não era só sua boca que ria. Todo seu corpo sacudia com esse riso que saía do estômago, da garganta, das pernas, dos olhos. Assim era como Lola ria. Suponho que ela perdeu isso. Muitas coisas se perdem. O que não fica claro pra mim é o onde. Onde nós paramos?

Agora Pedro fala pouco. Cada vez menos. E eu falo sozinha, em voz alta. Não me resigno ao silêncio. Depois de tudo, há lua, destino, vento. E há arte. Temos trinta e cinco mil anos de arte rupestre. Que foda. Trinta e cinco mil anos tratando de dizer algo.

25 DE JANEIRO

Me pergunto se parte da minha irritação não tem a ver com ter deixado de escrever. Ontem a noite busquei meu caderno de anotações: não escrevo nele desde 11 de outubro de 2006. Cinco meses depois do acidente de Lola. Contos inconclusos. Não sei em que estado os escrevi. Só posso dizer que me pareceram horrorosos. Calculo que o declive de qualidade é um bom motivo para me obrigar ao silêncio.

Se esgotam as coisas que uma pessoa quer dizer? Talvez cada escritor venha com uma determinada quantidade de palavras. Penso em Rulfo, que escreveu pouco, mas era tão bom. Há outros que produziram algum texto memorável e depois se dedicaram a escrever recheios pro mercado editorial. Às vezes penso que esses escritores, em algum ponto da sua existência, são visitados pelas musas, que os presenteiam com algo extraordinário e depois se retiram, como se tivessem se equivocado de pessoa, e os deixam nus, martirizados, queimando os neurônios para escrever qualquer coisa que preste. E há escritores imensos, desses que nascem cheios de sentido, e escrevem muito, e tudo muito bom, e seguem escrevendo sempre, como se fossem fontes inesgotáveis. Pena que um dia morrem ou se matam, e nós ficamos frios, mais solitários, porque já não dirão mais nada de novo.

3 DE FEVEREIRO

Hoje a dentadura de Pedro pulou pra fora. Ficou com a cara chupada. Como se suas bochechas se fundissem. Me pediu pra fazer uma sopa. Eu fiz. O observo comer: derrama o líquido morno pelas comissuras dos seus lábios finos, desbotados. Junta a sopa com a ponta da colher e bota tudo dentro da boca. Traga. Enquanto isso, as abas da garganta se agitam, flácidas, e aos poucos vão recuperando sua duvidosa quietude de rugas caídas.

Como ele tá velho. E eu também. Às vezes me olho no espelho e não me reconheço. Encontro apenas vestígios de algum traço conhecido. Como essa familiaridade que podemos ter com um primo distante. Devo estar a quilômetros do que já fui.

7 DE FEVEREIRO

Releio meus últimos contos: nem um decente. O que aconteceu? A fonte secou? Sim, suponho que secou e agora só brotam insultos de velha irritada.

12 DE FEVEREIRO

Às vezes penso na pressa do tempo. Em algum momento fui capaz de me apaixonar, desapaixonar, apaixonar de novo e voltar a desapaixonar, tudo em alguns meses. Havia uma eternidade no tempo, como se ocorresse tudo em câmera-lenta. Agora os meses chegam abreviados, se condensam em uma sucessão infalível de repetições que já decoramos na memória. Por trás de abril, maio. Por trás de outubro, novembro. Sempre iguais. O mesmo sol, as mesmas sombras, as mesmas palavras. Na mesma posição.

Repetir acelera.

15 DE FEVEREIRO

A querida Juana me ligou hoje. Rimos um pouco. Disse que se inscreveu em uma oficina de memória. Ela se reúne com outros velhos e fazem exercícios. Claro que para ela os velhos são os outros: diz que só vai pra ver se encontra um viúvo bonitão. Diz que tem um lá bem ajeitadinho. Mas que tem uma péssima memória: ele entrou na oficina porque um dia saiu para comprar pão e voltou com um jornal. Ele se chama Emilio. Conta que ele voltou com o jornal e encontrou na mesa da cozinha um café com leite: só aí lembrou que deveria ter comprado o pão. Segundo Juana, a oficina não estava o ajudando. Ele confunde ela com uma tal de Pepa. Há cinco sexta-feiras que Juana diz o mesmo: Me chamo Juana, Jua-na. Mas não adianta. O cara insiste com Pepa. Depois me conta que vê esguichos de mijos na sua calça. Na dela, não na dele. E começa a rir. E depois me pergunta: por que os velhos vivem peidando? Já percebeu? E desliga. E então eu ligo pra ela e esclareço: eu não peido. Ela não acredita em mim. Fica debochando da minha cara, como fazia na escola. E depois me diz para marcarmos um jantar. Marcamos pra sexta.

21 DE FEVEREIRO

Nessa época do ano chegam uns pássaros buscando comida na minha varanda. No geral não paro para vê-los, mas hoje me chamaram a atenção: eram cinco. Comiam agitados, ou inquietos, como se estivessem roubando algo. Pegavam uma fruta e depois olhavam pra outro lugar, fazendo-se de distraídos, como se este fruto não fosse a razão da sua visita.

28 DE FEVEREIRO

Nesta manhã colocaram dentes provisórios no Pedro. Me disse que estava com fome e me convidou para jantar.

Agora são às quatro da tarde. Valentín me ligou há uns minutos: que tá trazendo a poltrona.

Janta e poltrona. E um vento calmo. Sem irritação hoje.

1 DE MARÇO

Escrevo sentada. Poderia dizer que escrevo sentada sobre minha poltrona. Mas essa coisa que Valentín trouxe não é minha poltrona. As mãos de Valentín a converteram em um objeto estranho. Se me sento de frente, fico com as costas em declive descendente e o assento fica em declive ascendente. Ela adotou uma forma trapezoidal. E ele botou tanto estofado que as bordas ficaram arredondadas. Poderia dizer que escrevo sentada sobre uma massa disforme de espuma estofada de verde esperança. Nem era o verde que escolhi, inclusive. E para que me enganar? A verdade é que a poltrona não só ficou deformada e coberta de um verde horrendo, mas também ficou desconfortável. O que faço? Estrangulo o tapeceiro? Choro? Me afogo em uma taça de gim? Forço uma gargalhada e me torço toda como se não pudesse conter o riso? Digo que tô nem aí, pois na vida há coisas mais importantes? Mas não posso, porque a poltrona é importante pra mim. E isso que Valentín me trouxe é uma cagada absoluta. Uma aberração. Um assento incômodo e muito feio e muito disforme. Chega, Ofelia. Não pode. Não pode seguir assim, toda irritada. Calma. Na vida há coisas mais importantes. Mamãe me dizia isso. Calma, Ofelita, calma: como se eu fosse uma égua.

3 DE MARÇO

Meu neto me visitou ontem à noite. Entrou em casa e logo apontou para a monstruosidade que está na sala e, em seguida, tapou a boca para evitar a gargalhada. Respondi: viu que porcaria? Só bastou isso: escutei uma risada cândida, toda cheia de surpresa. Foi como se um vento fresco viesse me aliviar de todas as tensões que havia passado com essa poltrona e a convertesse rapidamente em um puro absurdo. Rimos até chorar. Ele ria do meu comentário e eu da sua cara e os dois da poltrona. E no final nos abraçamos e não sei como explicar, mas esse neto é uma espécie de alma que me puxa pra passear e me faz ver a lua cheia, tão amarela, nascendo do rio, ainda que a noite seja a mesma ausência de sempre. Estivemos tomando Amaretto até às duas da manhã. E hoje, quando acordei e olhei pra poltrona, deixei escapar uma risada. Sim, suponho que agora essa coisa verde e deformada me devolve algo parecido a uma lembrança agradável. Inclusive bela. Ou piedosa.

6 DE MARÇO

Ontem a noite foi o aniversário da irmã de Pedro, ela fez 87 anos. Ele não quis ir por causa dos dentes. Mas terminou pedindo para eu ir. Não sei porque aceitei. Foi uma experiência aterrorizante: uma verdadeira exposição de corpos côncavos; de olhos sem brilho escondidos em um emaranhado de rugas incontáveis; de bocas murchas resignadas a exibir o que a duras penas andam esmagando em seu interior; de vozes extenuadas pretendendo conjugar o mesmo balaio de lembranças repetidas. E me lembrei do velho axioma: minha cunhada cozinha com o cu. E é avarenta. Não quis encomendar comida. Nem pedir a alguém para cozinhar pra ela. Voltei muito deprimida. E morta de fome. A expressão morta de fome, em uma velha como eu, é relativa. Nós velhos nos saciamos com pouco. Fabricamos menos células. Necessitamos de menos para sobreviver. Mas a noção de fome permanece.

15 DE MARÇO

Como é lindo quando a vida está adiante de nós e as células se replicam inconscientes, radiantes, como se não soubessem. Foda é quando a vida está atrás de você: se você olha adiante, o horizonte fica grudado nas suas costelas. Deve ser por isso que os velhos olham pra trás. Mas eu não penso em recordar minha infância, esse lamaçal campestre. Nem penso em cair na reverberação angustiante dos velhos, de ficar revivendo histórias até a exaustão. Como Pedro, que não deixa de sonhar com o acidente de Lola. O repete todas as noites. E não deixa de falar dele pra mim. Diz que ele vem dirigindo, de noite, pela BR, e aí aparece a cara de Lola estralando contra o para-brisa. É provável que ele não levante por causa da próstata. Talvez seja por causa dos pesadelos. Faz cinco anos que Lola está quase surda. Cinco anos é muito tempo. Lola já não é a mesma de antes. Fala menos, não enxerga. Ou enxerga, mas de outro jeito. Como se o silêncio deixasse seus olhos engasgados.

O silêncio me atordoa. Me obriga a fechar os olhos. E então me vem Lola, e a insônia, e o para-brisa, e Pedro falando de noite, e ainda que eu queira, não consigo imaginar como ela vai fazer. Como ela vai conseguir, me pergunto, como Lola vai conseguir cantar para essa criança que está a caminho.

18 DE MARÇO

Hoje me lembrei da minha mãe. E de Lola a penteando. Ela molhava sua cabeça. Colocava rolos de cabelo, fazia tranças. Mamãe deixava fazer de tudo com ela. Já eu, nunca aguentei. Me doía. Lola se irritava muito comigo. Dizia: as mamães legais se deixam pentear. Devo ter sido má. Agora penso: se Lola estiver esperando uma menininha, gostaria de ver essa neta me penteando. Me restam poucos cabelos, e já não doem mais tanto. Ou talvez se deixar pentear seja coisa de avós.

20 DE MARÇO

Espero que Pedro tire seu cochilo para eu poder sentar na minha monstruosidade e escrever um pouco. Tornou-se hábito. Me faz bem: exercito a fala. Falo cada vez menos com Pedro, como se tivéssemos esgotado todos os assuntos, ou como se já tivéssemos falado de tudo. Falta pouco para que nos comuniquemos através de sinais.

Às vezes me pergunto: os homens que não falam, pensam por dentro? É estranho não terem a necessidade de se comunicar com os outros. Será que eles têm em suas cabeças duas pessoas que conversam entre si? Ou seus cérebros vivem em silêncio? Vou perguntar ao Pedro, acho que ele não vai se ofender. Pedro é inteligente. Não como meu genro, que nasceu descerebrado. Ele sim não fala por ter um dicionário mental dominado por monossílabos que servem apenas para pensar o básico. O cérebro do meu genro deve ser um inferno: imagino as mesmas três ou quatro ideias congestionando seus circuitos neurológicos até convertê-los em ranhuras inchadas, intransitáveis. Como o doidinho que fica aqui na praça, que caminha por horas, todos os dias, dando voltas no tronco da Jacarandá.

23 DE MARÇO

De noite jantei com Juana. Ela disse que se enjoou de Emilio. Que foram tomar café e que enquanto conversavam ele cuspia os farelos dos biscoitinhos na toalha de mesa. Não posso mais ficar com ele, me disse, isso é nojento demais. Tá vendo, eu disse, isso é o que acontece quando você se inscreve nessas oficinas para a terceira idade. Gargalha feito louca, com esses olhos brilhantes que ainda tem, e me diz: acabo de entrar numa oficina de teatro.

Juana é um ar fresco: ainda se ilude.

25 DE MARÇO

Pedro está no dentista. Como meu quadril estava doendo, preferi não acompanhá-lo. Lola também não podia: estava fazendo sua segunda ecografia.

Assim que agora estou só e devo reconhecer que a casa fica um pouco vazia quando Pedro não está. Às vezes penso que Pedro é como um pedaço de mim. Como uma sombra. Como saber que enquanto esse móvel estiver ali, estarei em casa. É difícil recordar quem somos depois de tantos anos morando com outro. Perdemo-nos. Inclusive hoje eu estava lendo um artigo no jornal sobre o universo. Dizia assim: "a interação gravitacional entre galáxias pode ter efeitos devastadores. Essas galáxias estão tão próximas uma das outras que a interação entre elas é violenta, e produz um intercâmbio de matéria". Às vezes penso que é isso

mesmo que ocorre com Pedro. Será que temos intercambiado de matéria até nos convertermos na mesma coisa? O artigo segue: "segundo a Agência Espacial, quando duas galáxias se aproximam muito, sofrem surpreendentes mudanças em suas estruturas. Elas podem se fusionar ou se desintegrar".
Devemos estar próximos da fusão. Ou da desintegração.

3 DE ABRIL

Leio Nabokov: "Há amizades comparáveis a circos, a cachoeiras, a bibliotecas; há outras que parecem vestes velhas".
Penso a respeito. Não tem jeito. Sempre terminamos rodeados de vestes velhas.

11 DE ABRIL

Pedro está insuportável por causa dos seus dentes. Diz que fizeram um trabalho mal feito. Sejamos sinceros: Pedro podia se tornar insuportável também na época que tinha seus próprios dentes. Talvez agora me pareça mais insuportável porque já sei de cor suas conversinhas. E a inflexão que usa em cada frase. E as coisas que dirá diariamente. E as que não dirá. Sobretudo as que não dirá. A partir desse ponto de vista, a velhice se parece bastante com o lugar de quem já não tem mais como prometer nada, onde tudo é uma pura reverberação de um cansaço agônico. Essa necessidade de certificarmos quem somos quando repetimos nossas pobres convicções, como se repeti-las fosse sustentar nossa identidade. Mas esse repetir só nos devolve um ar gasto que cola em nossos ossos para dizer que estão ali porque essas mesmas palavras os sustentam, para dizer que estariam se desintegrando se não fosse por esse monóxido apalpado que os certifica. A certeza pretendida de algo que clamamos diariamente como se essa certeza fosse possível e nos devolvesse a inconsciência que perdemos vá saber onde, talvez em algum dos cantos da evolução. Quero ser cachorro. Vaca. Égua. Quero não ficar sabendo que vamos morrer.

25 DE ABRIL

Nós vamos morrer e nem posso dizer a minha filha que vivo asfixiada, por mais poltronas que me tragam, por mais que eu escreva. O silêncio me asfixia.

2 DE MAIO

A noite é uma jaula. Te fecha a boca, e os olhos, e os demônios ficam lá dentro, bailando alegres, ímpios, como se fossem fadas, mas não o são.

Rapsódia silenciosa

...essa noite que é uma benção para a terra, que escurece os rios, que traga as cimeiras e cobre as ondas até a finitude, e que ninguém, ninguém, sabe o que vai acontecer com ninguém, exceto que todos seguirão desamparados e cada vez mais velhos...
Jack Kerouac

Prelúdio

Da sua atormentada época de estudante, ocasionalmente licenciosa, só restam vagas lembranças. Por alguma razão indecifrável, no dia em que ele fez vinte e cinco anos, tornou-se reservado. Isso ocorreu sem preâmbulos. Foi jantar com sua namorada de outrora, e no momento do brinde, sentiu derramar sobre seu corpo uma inapelável certeza de finitude. Desde então, o jovem Parisi perdeu a capacidade de viver suas horas como se elas fossem ecoar pela perpetuidade, um olhar áspero se instalou em seus olhos e um ar sombrio cobriu seu rosto. Decidiu que o mundo não necessitava da permanência do seu acervo genético. A ideia de não deixar descendência o acalmava. Prestes a cumprir cinquenta anos, o Sr. Parisi viverá atormentado, se distrairá com frequência e sofrerá uma propensão tenaz ao descontentamento.

I.

Nas vésperas da Semana Santa, enquanto corrigia as provas dos seus alunos de física – repletos de erros bizarros que o levavam a pensar que suas aulas sofriam de algum tipo de obscuridade repentina –, enquanto se perguntava se Amanda sentia saudades dele – a mulher que havia o abandonado por um professor frívolo de bongo –, enquanto pensava se não seria conveniente colocar as roupas para lavar logo – levava seis dias relutando –, enquanto se lembrava com certo pesar dos mal estares da sua mãe – ele não a visitava desde as festas de final de ano –, se distraiu pensando que merecia umas férias. Ele estava cercado de lembranças marginais, coisa perfeitamente normal quando o presente oferece alegrias escassas e o futuro só augura meras repetições, e lhe pareceu oportuno ligar ao seu amigo Mauro e pedir emprestada a lancha para o final de semana. Aqui convém aclarar que o Sr. Parisi tinha um passado amoroso que incluía um romance de verão – ou de inverno – em Dubrovnik, com uma croata de sangue bélico, magra e viscosa, que o ensinou a arte da navegação entre ataques impudicos de histeria e uma frigidez irremovível. Sem Amanda, ele considerou apropriado reviver esses meses estivos e, ainda que a lancha de Mauro fosse completamente diferente do cruzeiro da croata frígida, lhe pareceu que uns dias de rio poderiam ajudá-lo a se afastar dessa infausta certeza de finitude – que ultimamente o invadia com fúria renovada. Chegou a considerar que a queda de qualidade das suas aulas tinha relação com a decisão de Amanda e que a vida, no geral, e a consciência individual, em particular, eram perfeitas insensatezes da natureza.

Imediatamente Mauro atendeu ao pedido do amigo e, inclusive, se ofereceu para acompanhá-lo. O Sr. Parisi negou a companhia.

II.

O dia amanheceu ventando e o Sr. Parisi, enquanto tomava algumas providências – ordenar seus documentos, preparar uma bolsa com roupas e pensar em quais alimentos e bebidas deveria comprar –, se entreteve repassando os procedimentos náuticos que Mila havia lhe ensinado. Notava que suas lembranças emergiam desfocadas, como se surgissem desses olhares oblíquos que servem para confundir a vista e causar dor de cabeça. Esses contratempos causavam fastio nele. Assim, fastioso, saiu de sua casa com a lista de compras que considerou oportuna para a ocasião.

Quando ajeitou tudo, ao redor das dez da manhã, e depois de deixar Matías – seu enorme gato amarelo – aos cuidados de Mirta – a porteira –, repassou o prognóstico do tempo e, ao confirmar que para os próximos dias se esperavam temperaturas brandas e nenhuma perspectiva de precipitações, sentiu algo similar a uma satisfação fugaz.

A lancha de Mauro, que o Sr. Parisi nunca havia visto antes, tinha quatro assentos externos: um na frente do leme, outro ao bombordo, e mais dois na popa. A cabine, que cheirava remotamente a um aromatizador de ambientes e claramente a uma mescla de umidade e suor, respondia a descrição do seu amigo: uma cozinha e um lavatório ao estibordo, um banheiro ao bombordo, e um colchonete branco e triangular que encaixava perfeitamente na proa de embarcação.

Uma vez que acomodou seus poucos pertences – colocou o frigobar com os alimentos embaixo do assento de copiloto e apoiou sua bolsa com roupas sobre o colchão da proa – observou a paisagem e, depois de ignorar a coloração canela da água, teve uma reminiscência voluntária dos seus dias no Adriático: desde essa época já considerava a vida uma combinação azarosa de feitos arbitrários, mas, ainda assim, a evocação resultou ser suficientemente palpável como para que alcançasse a se perguntar que porra havia feito nesses vinte e oito anos que o separavam dos seus dias na Croácia. Meio atordoado pela pergunta e decidido a eliminá-la do seu pensamento, se concentrou em repassar as cartas náuticas. Isso era inalterável: quando se via invadido pela certeza da morte, todo seu aparato psicológico se colocava a serviço de um assunto que exigia a sua concentração ao máximo. Era o único remédio e, salvo quando se detinha excessivamente na angústia, funcionava.

III.

Depois de colocar combustível, iniciou a travessia abaixo de um céu amigável e uma brisa mansa que em nada perturbava a lisura da água.

Neste dia, o Sr. Parisi se extasiará com o silêncio dos córregos mais estreitos, verá os verdes da vegetação se duplicarem no espelho barroso da água, se lembrará de Amanda com rancor – primeiramente – e com uma doce sensação de liberdade – depois –, se comoverá com um casal de idosos – de mãos dadas – que o cumprimentarão desde um cais de madeiras claras rodeados de hortênsias, pensará alternadamente na sabedoria ou na desgraça desses velhos, desejará negar a realidade de ter encalhado – na última hora do dia e prestes a chegar – nas águas turbas do Paraná Guazú, pretenderá inutilmente empurrar a embarcação, voltará molhado pra lancha, buscará em vão uma toalha, se sentirá um pobre diabo, calculará quantos minutos de luz restam nesse dia, se desesperará com o pôr do sol, juntará as mãos como se uma prece pudesse evitar que o sol – já roçando o horizonte – terminasse de cair, se verá sozinho no rio e, depois de se perguntar pela gênese desgraçada do seu plano de viagem, desejará nunca ter saído de casa. Aqui convém lembrar-se das distrações frequentes do Sr. Parisi: ele pensou em usar o rádio para pedir auxílio e, ainda que seu amigo houvesse dito claramente que deveria fazer isso através do canal dezessete, ele insistia com o treze – onde só conseguia sintonizar umas indecifráveis modulações através de um persistente som de fritura –; e, quando pulou no rio com a ideia de empurrar a embarcação, seu celular – localizado no bolso superior da sua camisa quadriculada – caiu na água. Depois de uns empurrões ineficazes, conseguiu resgatar o aparelho e voltou pra lancha. O celular não funcionava e, com a falta de toalha, se dedicou a secar peça por peça com uma flanela que encontrou no banheiro. Repetiu a operação várias vezes, mas o aparelho não voltou a funcionar. Se imaginarmos um museu onde fôssemos capazes de percorrer pelos salões a vida do Sr. Parisi, este celular seria exposto como um testemunho das adversidades que o importunavam cotidianamente.

IV.

O Sr. Parisi tinha ideias – pouco elaboradas – de suicídio. Ele se incomodava com isso e, geralmente, elas o invadiam quando se via perseguido por fatalidades improváveis, mas persistentes, que o levavam a pensar que a vida – sua vida – era um mero receptáculo das arbitrariedades que uma realidade paralela lhe impunha com um ressentimento pontual.

Vamos colocar essas sentenças em perspectiva: Temos o Sr. Parisi em uma lancha, encalhado na exata interseção do Paraná Guazú com o Río de la Plata, ou seja, na sua parte mais ampla, ou seja, no meio de uma importante massa de água, e já está de noite: o azar lhe dedica uma impecável lua nova e o céu se converte em uma função escura da Via Láctea no planetário. A água, antes um espelho de verdes barrosos, se transforma agora em um colossal derramamento de óleo, ou de petróleo, terminando por espelhar não só a negrura do céu, mas também sua cintilação profusa. Poucas coisas deprimem tanto o Sr. Parisi como a proximidade visual do cosmos: como se ao contemplá-lo não pudesse ver mais que restos meteóricos de fogos extintos há algum tempo e isso o levara a recordar que o sol irá morrer em breve e, junto dele, toda a civilização. Como regra geral, essas ideias ocasionam nele incontroláveis tremores musculares e uma dor insidiosa no estômago. Mas nesta noite o Sr. Parisi está concentrado com os devires da navegação e não olha para o céu ou não repara na desolação que isso geralmente provoca nele. Pelo contrário, ele desce da embarcação – pela terceira vez – para verificar se o rio finalmente subiu. Temos agora o Sr. Parisi ensopado, com água negra até seu joelho, caminhando ao redor do barco e comprovando que a água está baixando. Neste momento o Sr. Parisi é tomado por uma gargalhada raivosa. Depois começa a xingar um pouco, amaldiçoa o destino com todas suas forças e volta a rir, encantado com tamanho absurdo. Volta pra lancha, morto de frio, e toma medidas concretas: acende a luz de ancoragem – felizmente se lembra de fazer isso – e decide jogar a âncora – pensa que o rio pode subir a qualquer momento e levá-lo durante a madrugada. Sabe que a escassez de água o impedirá de ancorar devidamente, mas, ainda assim, calcula quanto o rio deveria subir durante a noite e resolve jogar cinco metros de corrente. Se sente mais ou menos a salvo e recorda dos vinhos tintos que havia comprado. Decide abrir um. Quando volta instintivamente para a cabine em busca de uma taça, percebe que não há taças – nem copos – a bordo. Neste momento é invadido por uma segunda gargalhada. Se pudéssemos filmar essa cena de um helicóptero, as dez e vinte da noite, fazendo um zoom, poderíamos ver o Sr. Parisi estatelado na popa da lancha, com os olhos cravados na brilhante purpurina do céu, e virando na sua boca, em intervalos regulares, uma garrafa de vinho. Se pudéssemos fotografar essa cena, esta imagem estaria no museu da vida do Sr. Parisi com uma legenda: De como a bebida também o salva da angústia, – evidência refutatória de qualquer proclividade séria, de sua parte, ao suicídio. Se, em troca, fôssemos um dos inclassificáveis insetos que habitam o Delta, as dez e vinte, descobriríamos que o Sr. Parisi está efetivamente estatelado na popa e que uma garrafa de vinho está pendurada na sua mão esquerda, mas que, ademais, seu corpo treme de frio, seus olhos refletem um medo invulnerável e atávico e seus lábios deixam escapar uns azarosos sorrisos melancólicos. Quando o Sr. Parisi termina seu vinho, rasteja até o colchão da proa e fica ali, desmaiado; ou dormido.

V.

Enquanto o Sr. Parisi dorme nesta noite infame entre tremedeiras de frio e pesadelos fragmentados, um jovem o buscará em seu apartamento da rua San Blas. O Sr. Parisi não o conhece – ainda –, mas podemos adiantar que o jovem tem vinte e sete anos, se chama Vladimir e enterrou sua mãe há uns meses atrás.

Quando, às seis da manhã, o sol desborda a linha do horizonte – que no Delta assume uma forma irregular –, o Sr. Parisi abre os olhos e tarda uma fração de segundos para se lembrar onde está. Assim que o faz, lamenta haver interrompido sua atividade onírica. Sente um gosto rançoso na boca e o corpo dolorido. O frio da noite e o incômodo de deitar no colchonete e os ruídos da água e a negatividade da situação toda o deixaram com uma dor uniforme nos braços, pernas e ombros. Abre a bolsa: busca por uma roupa seca. Coloca uma camisa azul, uma calça comprida e, pensa se é necessário mesmo, mas resolve se agasalhar com um pulôver que Amanda o presenteou quando ela ainda o tratava bem. Se pergunta quando ela deixou de tratá-lo bem e não consegue lembrar exatamente o momento, mas acredita que ela o tratou bem inclusive quando avisou que o abandonaria. Amanda tinha uma voz sussurrante que tornava graciosos até os momentos mais abjetos. Algumas pessoas desertam com uma sutileza prodigiosa, pensa, enquanto termina de colocar o pulôver e vai pra fora: comprova que o rio subiu. A lancha flutua e parece estar ancorada. Com certo alívio, volta para escovar os dentes, acende o fogão e coloca um pouco de água para esquentar. Enquanto busca o café instantâneo na bolsa, lembra que não há louças na embarcação: fica prestes a xingar, mas logo vê que pode dissolver um pouco de café na chaleira que está esquentando a água. Percebe que pode queimar os lábios se beber o café desde a chaleira, mas confia que o metal se esfriará mais rápido que o líquido: termina olhando para o fogão com a supremacia natural de um hominídeo sobre um objeto. O café e o casaco o devolvem uma aura de humanidade; a luz da manhã o insufla confiança: apaga os revsees da noite anterior e promete-lhe um dia vitorioso.

O Sr. Parisi chega ao *camping* O Pintassilgo por volta do meio-dia, com olheiras arroxeadas e os glóbulos oculares serpenteados de veias avermelhadas. Consegue atracar sem grandes dificuldades e desce da lancha com um ar triunfal paradoxal. Encontra um panorama desalentador: uma enorme quantidade de indivíduos deambulam pelo *camping* e, devido à hora, acendem fogos, estiram mantos, acomodam cadeiras, se buscam entre si, falam, sorriem.

Assim que pisa em terra firme, constata que a ilha está infestada de fiéis representantes de um falso conceito de solidariedade: se aproximam, um a um, para saber como ele está e se precisa de algo. Na realidade, pensa, só se aproximam movidos por uma estrita curiosidade: assim que satisfazem sua fome de informação, se desvanecem entre os salgueiros.

O Sr. Parisi fica sozinho e estuda detidamente a cena, conclui que o lugar está enfestado de massas festivas: conjuntos de indivíduos cuja energia se limita a tarefa tripla de comer, fazer sexo e dormir. Teme que a aproximação de tantos organismos regidos por uma lógica que o parece assustadora o afunde em uma desolação irremovível. Enquanto o Sr. Parisi se perde neste desalento, o jovem Vladimir aceita o mate que Mirta serve pra ele e se reconforta com o ronroneio de Matías em seu colo.

VI.

O Sr. Parisi precisa se recompor. Está sujo, com fome e sente um cansaço milenar. Coloca de lado – com heroica vontade – seu desejo de abortar o quanto antes sua estadia na ilha e consegue ordenar suas prioridades: tomar banho, comer algo, descansar seus ossos. Através de uns caminhos de fina terra desbotada contornados de salgueiros e de eucaliptos e de gramas, chega a uma cabana de madeira que diz Administração. Faz uma consulta e fica sabendo que o *camping* oferece banhos públicos. Um lábio carnoso lhe explica o sistema do local com um orgulho inquebrantável: Você primeiro se prepara para não perder tempo; depois coloca a ficha na caixinha e abre o chuveiro; você terá cinco minutos de água quente; um minuto antes da água acabar, você escutará um apito. Os lábios refulgem de astúcia e agregam: aqui ninguém corre o risco de ficar ensaboado. O Sr. Parisi evita os comentários que surgem em sua cabeça e recebe uma ficha que tem duas ranhuras de um lado e uma ranhura do outro. A ficha é fininha, de chapa dourada, e parece amassada. Se pergunta como será a caixinha na qual deverá inserir a moeda – não confia que este treco sem forma consiga passar pela caixa que ele imagina – e se afasta pensando que a imperfeição da ficha é uma boa metáfora desse lugar.

Assim que chega no banheiro se dedica a satisfazer sua curiosidade: quer ver como são as ranhuras da caixinha. Comprova que são uns ocos sem forma também, mas bem largos. Conclui que a ficha entrará ali sem opor resistência. Ele acha engraçado a precariedade do sistema. Os cinco minutos de água são suficientes para seu corpo, que agradece o calor do banho. Sua alma recobra a cota de confiança indispensável para o ato de caminhar em público abraçado a uma muda de roupa suja sem minar excessivamente seu sentido de intimidade. Aqui convém declarar que o Sr. Parisi acha desagradável os espaços destinados à prática pública de atos que considera privados. Para ele, os ginásios, vestuários de clubes, motéis e piscinas públicas são abomináveis. Até considera os cinemas e restaurantes um pouco promíscuos também.

Às duas da tarde, enquanto o Sr. Parisi se dispõe a comer um prato de macarrão na cantina do *camping*, Vladimir agradece a hospitalidade de Mirta e promete voltar no dia seguinte. Uns minutos depois, Mirta se lamentará de não ter atendido ao pedido de Vladimir – queria esperar o Sr. Parisi retornar ao seu apartamento – e passará não menos que uma hora se criticando e tentando se acalmar, alternadamente: se criticará por ter negado a um jovem tão encantador a possibilidade de uma surpresa; se acalmará pensando que teria sido um tremendo desatino permitir a entrada de um desconhecido no apartamento.

VII.

Parisi passa a tarde tentando eludir às áreas comuns do *camping* – onde se difundem cenas que interpreta como a negação viva da consciência de finitude –, perde parte da sua esmerada civilidade quando uma quarentona começa a persegui-lo – ora aparece atrás de um pinheiro segurando uma bandeja de empanadas, ora se materializa atrás de uns arbustos e pergunta se ele quer uma cerveja –, se dispõe a olhar para o pôr do sol desde a proa da sua embarcação – onde é interrompido, em quatro ocasiões, por membros das massas festivas que, munidos de mates ou de garrafas térmicas e biscoitos, o cumprimentam em voz alta, importunando a placidez que havia sonhado para esse momento áureo de um dia adverso – e, finalmente, conclui que, isolado em sua lancha, se sentirá melhor. Permanece assim, isolado, até de noite. Não trouxe livros, um esquecimento que se arrepende muito, pois agora está se detendo em pensamentos estrábicos – tecidos da sua própria amargura – que o levam a se perguntar se ali fora, nesse mundo que não consegue decifrar e do qual se afasta cada vez mais, não haverá pessoas vivendo melhor do que ele. A pergunta o sacode de forma concreta. Em efeito, o Sr. Parisi, até esse momento deitado no colchonete da proa com o olhar cravado no teto da cabine, se apoia em seu cotovelo direito e se senta em posição de lótus, como se a mudança de perspectiva pudesse devolvê-lo à sua filosofia habitual. Mas isso não ocorre. Pelo contrário, nesse instante ele é invadido por uma dúvida espantosa. A partir desse momento, Parisi investirá uma hora questionando todo sua formação misantropa – será que há outro modo de vida muito mais prazeroso, pensa – e, fiel ao seu espírito científico, irá se impor o seguinte plano: saíra do barco disposto a trocar diálogos com as pessoas que o rodeiam; buscará descobrir que coisas os divertem tanto; tentará aproveitar o momento. Ao final, se arruma como pode – ajeita a sua camisa com as mãos, se penteia com os dedos – e sai do barco. Os refletores do cais atenuam a realidade do céu. Ensaia sorrisos, endireita seu corpo, treina olhares fraternais, caminha em direção dos churrascos. Enquanto faz isso, pensa que sua hostilidade inicial poderia frustrar sua iniciativa. Contudo, comprovará em seguida que a amabilidade dessas pessoas é irredutível: se trata de um conjunto de seres perfeitamente refratários a qualquer prova de inimizade. Depois de alguns cumprimentos informais, é convidado a participar do churrasco que estão terminando de fazer. Como retribuição, Parisi irá até o barco e, depois de vencer a reticência que isso lhe causa, levará sua garrafa de vinho até a mesa. Este gesto abrirá portas para ele: o instalará no grupo como uma engrenagem natural das massas festivas. O destino quis que a quarentona que havia sido objeto das suas fugas durante a tarde, sentasse na sua frente nesta noite. Era, para Parisi, um rosto familiar que, apesar dos defeitos, não o desagradava totalmente. Ela recordava alguém do seu passado e agora Parisi tentava lembrar. Não sabia precisamente de que lugar vinha a familiaridade deste rosto, mas algo nele lhe trazia reminiscências. Quando cessou o esforço, um lapso veloz de memória o permitiu localizar a familiaridade: seus olhos, separados como os de uma galinha, se assemelhavam com os da dona da lanchonete do seu bairro – aquela que o cumprimenta sempre quando sai de sua casa, fazendo com que alimente a impressão de que ela o observa de qualquer posição que assuma dentro da sua lanchonete. A quarentona, ao contrário da dona da lanchonete, tem grandes cachos castanhos que se erguem sobre seu pescoço, criando um efeito enganoso de proporção sobre seus olhos. Contudo, Parisi considera que a quarentona não é tão feia assim e chega a perguntar se, por acaso, algum dos presentes ali será o seu marido. A consciência dessa pergunta o incomoda: se serve outra taça de vinho e decide escutar as conversas náuticas que estão narrando na mesa. Animado pela coleção de dificuldades que todos parecem ter suportado alguma vez sobre a água, decide relatar os pormenores da sua fatídica noite no Paraná Guazú. À medida que seu relato avança, percebe que alguns olhares assumem um ar de compaixão. Um temperamental marinheiro – marido da quarentona, Parisi nem sabe disso ainda – o instiga a buscar suas cartas náuticas e o ensina o caminho de volta. Enquanto Parisi agradece, uma sessentona muito magra e muito loira e muito alta se aproxima da quarentona e pergunta se ela não tem uma extensão. Você precisa de quantos metros? A loira mostra a distância entre seu barco e uma mesa quadrada: quero ligar o liquidificador para fazer uns drinks. A loira sessentona está bêbada. Parisi se pergunta como ficará a loira depois dos drinks e se dispõe, agora que está relaxado, a ficar mais um pouco. Desde a outra ponta da mesa, a vários metros de onde está Parisi, um casal jovem que acaba de chegar cumprimenta a todos. Uns minutos depois, a jovem articula em voz alta algumas perguntas retóricas entre as quais Parisi crê entender a seguinte: ficaram sabendo que Darío descobriu que tinha um filho? Parisi não consegue escutar as respostas: as vozes sobrepõem entre si, se confundem com os risos de outros e com a música que a sessentona conecta nos alto-falantes. Soa uma cumbia quando a mão da quarentona lhe entrega um drink e o convida a dançar entre os eucaliptos.

VIII.

Parisi amanhece na grama. As primeiras luzes do dia descobrem seu corpo entrecortado. Vemos a ponta de um pé na vertical, um pouco inclinado; um ombro solto, meio coberto; uma metade de cabeça com os cabelos bagunçados; um pedaço de perna exausta na terra; uma pálpebra roxa: a bruma espessa do Delta, que recobre o rio e a grama, o abraça. Já não se escuta os risos nem o baile da noite; apenas o piar dos pássaros. O Sr. Parisi está com um olho inchado. O marido da quarentona que o deixou neste estado, à noite, apenas uns segundos depois que este olho entendeu que o homem que se aproximava era o esposo da mulher com quem estava transando. O Sr. Parisi havia decidido se encontrar com a quarentona em uma zona do camping que parecia ser recôndita por causa dos inúmeros ligustros que a contornavam. A escolha do lugar não foi das melhores e agora o Sr. Parisi jaz sobre este pedaço de pasto contornado de ligustros. Está só. Dentro de uma hora, uma rama de salgueiro vai cair no seu olho direito e despertá-lo. Quando isso suceder, o Sr. Parisi permanecerá alguns minutos deitado, imóvel, recordando de algumas cenas da madrugada. Se deterá especialmente nos instantes prévios da chegada do marido da quarentona – que lhe pareceram sublimes –, e nos instantes posteriores – com a quarentona apoiada no tronco de um salgueiro, com a cabeça girando de um lado pro outro, indecisa, olhando para o marido que voltava furioso ao barco e também para Parisi, que jazia caído a dois metros dela. Quando pensa nessas imagens, concluirá – erroneamente – que a quarentona seguiu seu marido. O Sr. Parisi sentirá então uma mescla de alívio e de pena pela quarentona, e subirá na lancha cantarolando a cumbia que aprendeu na madrugada.

Às nove e meia da manhã, em plena navegação de regresso, a poucas horas de encontrar com este filho que está a sua procura, o Sr. Parisi perceberá que uma brisa persistente fará lacrimejar seu olho machucado. Secará as lágrimas com alegria, como se este olho fosse a promessa de um futuro incerto, talvez alentador.

Caminhada

Você caminha pela Libertador: zumbem os carros, as buzinas, a fumaça.

Decide dobrar pela Sucre e subir a rua: quer caminhar mais verde, ou encontrar um pássaro, um som menos incômodo. Chega a umas calçadas desertas, com esse deserto de janeiro, do calor de janeiro: duas da tarde.

Olha teus pés e se sente bem: teus pés caminham. Ainda caminham.

Dobra pela O'Higgins. Um vento agita a sombra dos plátanos e umas gotas de sol aparecem e somem da calçada. Você pensa em pisar nelas, mas são muito ágeis: ri sozinha porque não consegue, mas acaba lembrando que aos sete anos tinha que caminhar pela calçada sem pisar nas listras e percebe que está evitando-as agora também, até que escuta um motor, que vem de frente, sobre o asfalto. O ônibus para na frente de um edifício. Há uma mulher vestida com um avental de quadradinhos azul e branco. Ela está sentada contra as grades do edifício. Duas crianças estão com ela. O ônibus escolar abre uma porta. A mulher desperta e ajuda as crianças a subirem. Você acha que o ônibus vinha vazio, até que ele avança e você vê mais uma menina que dorme, ou parece dormir, a cabeça apoiada na primeira janela, logo atrás do motorista, a caminho dessa prisão de verão que agora chamam de colônia de férias.

Como era antes? Era com um pátio, com a avó te ensinando a jogar cartas. Com certeza era com mosquitos. E com cheiro de inseticida. Era perto do parque também. E com cinema aos domingos: 39 degraus, King Kong, Tubarão, até de noite. Depois a pizza que você comprava na Tia Antonia, ou as empanadas de Made in Casa: sabor de domingo pré-escola e esse nó na barriga porque você não fez a tarefa ainda.

Dobra na Olleros. Olha adiante e vê outra senhora com avental. Dessa vez azul céu com linhas fininhas, na vertical. A senhora passeia com um cachorro. O cachorro puxa a coleira, a coleira puxa da mão que segura um celular.

Já é fevereiro e você acha que há mais carros sobre o asfalto. Em Lacroze você cruza com uma caravana de carnaval. Um amigo te suja de espuma e você começa a rir, ou dança um candomblé, enquanto a chuva cai, devagar, sobre teu cabelo, sobre teus ombros, ainda que você não perceba que esse carnaval já terminou.

Você se lembra do encontro e segue andando. Chega à Cabildo e fica com vontade de tomar um café, na Havanna. As garçonetes demoram uma eternidade para te atender, mas você espera: pede um café duplo, e a conta, pois não quer passar o dia inteiro ali.

Sobre Cabildo os ônibus passam de luz vermelha, e ficam engarrafados na faixa de pedestres bem quando você está prestes a cruzá-la. Espera um pouco e pronto: você vê um pedaço vago para teus pés e tenta avançar, mas o sinal volta a ficar verde. Enquanto espera para atravessar, você se lembra daquela vez que o metrô ficou sem luz: tua primeira entrevista de emprego, na Florida, e o metrô sem energia, e você tendo que caminhar pelos túneis com aqueles saltos que você mal conseguia andar, tentando não sujá-los muito. Essa ânsia pelo primeiro trabalho, como se fosse sinônimo de algum tipo de liberdade.

Cruza a Cabildo e segue pela Lacroze sobre as calçadas de março: os primeiros ventos aparecem, te despenteiam, e você tenta ajeitar teus cabelos, com vergonha de que te vejam assim, toda descabelada. Pablo gostava do teu cabelo liso, de quando você tirava teus cachos com a toca, duas horas com a cabeça enfiada no secador, justo antes de saírem pra dançar.

Em abril o fresno é tão amarelo que você para: o olha de frente e agradece por existir este amarelo impossível, tão uniforme. O fresno refrata uma luz que te deslumbra e te devolve ao jacarandá da casa da tua avó: você fabricava colares tão compridos que eles davam voltas, cobriam teu pescoço, serviam de coroa, e de pulseira, porque você era uma princesa e a sesta nunca terminava.

Parece que vai chover: o céu se cobre, rapidamente, com umas nuvens um pouco pesadas, escuras, sempre cinzas, com esse cinza de quando está prestes a chover pois o vento para e já não corre nem uma gota de ar. Os transeuntes se distraem, olham pra cima, em câmera-lenta, como se pudessem medir a distância, ou o tempo que falta, para que caiam as primeiras gotas. Uma mulher revisa sua bolsa, talvez busque um guarda-chuva, desses pequenininhos, mas você vê que ela puxa uma chave e para em um prédio mais à frente. Quando você passa ao lado dela, ela te cumprimenta: como você tá, Maia?, e percebe que faz décadas que ninguém te chama assim. Franze a testa, aguça a visão, e te sai um balbucio: a conheço?; ela te devolve um olhar de desilusão, Devo ter me confundido, diz, e entra no edifício, enquanto você fica do lado de fora, apenas vendo como a porta mecânica fecha, devagar. Você começa a bater no vidro da porta, enquanto deseja gritar, mas apenas pensa: sim, sou eu, Maia. Continua batendo, mas a senhora se perde no buraco do elevador e já não a vê mais. Você fica petrificada, pensando de que buraco do passado saiu essa mulher, e olha para o interfone, cheio de botões de bronze, e não sabe qual apertar. Olha com vontade para o 1°C e o toca. Ninguém responde. Toca de volta quando caem as primeiras gotas e começa a se molhar. Depois toca o 2°D e o 4°H e o 6°J e depois se dá conta que está ensopada e que ninguém vai abrir pra você. Hoje era teu aniversário, mas ninguém lembrou. Você se arrasta pelas ruas de maio, a tua roupa está pingando, mas você nem percebe, até que passa uma criança, de mão dada com a mãe, com essas botas amarelas e essa capa de chuva, e aponta pra você, com esse dedo tão pequenininho, e você percebe que não pode continuar desse jeito.

Entra em um café e vai direto ao banheiro. Se olha no espelho: está toda molhada e o frio de junho se meteu em teus ossos. Puxa algumas toalhinhas de papel e passa em tua cara, seca a nuca, e o papel se estilhaça quando tenta secar teu cabelo, então puxa mais toalhinhas, e mais, e mais, e vai passando, pouco a pouco, pelo cabelo ensopado, até que ele deixa de pingar e fica repleto de pedaços de papel colados, como se tivesse nevado, em pleno julho, e você estivesse com o cabelo cheio de flocos de neve ou de gelo. Sacode a cabeça como um cachorro molhado, mas os papéis não caem, ficam ali, grudados no emaranhado dos teus cachos ainda úmidos. Pensa que eles vão sair quando teu cabelo secar e decide descer pra pedir um café.

Bebe o café, devagar, enquanto você se vê com aquela pasta que teu pai pediu pra levar no teu primeiro dia de aula, na primeira série. Você ainda se lembra de se sentir uma extraterrestre, parada no meio daquele pátio de cimento, tão grande que teus olhos não o cobriam em uma só olhada, e as crianças normais se aproximando de você, te estudando, com suas mochilas coloridas. Tua pasta era cinza. Quase negra. E pesava tanto que você tinha que segurá-la com as mãos e apoiá-la no teu pé direito: era uma boa maneira de fingir que ela não pesava tanto.

Chega agosto enquanto teu cabelo seca e você sobe ao banheiro para sacudir a neve. Você se penteia com os dedos, do jeito que dá, e ensaia um sorriso nesse espelho enferrujado. Você se vê um pouco melhor, e segue andando, sobre as calçadas de setembro.

O sol bate forte e você começa a suar. Você acha que o verão chegou enquanto olha para um cachorro mijando, atento, contra o mármore negro desse prédio dos anos cinquenta. Olha adiante e se lembra da senhora que cruzou teu caminho em maio; força a memória, espreme como se esmagá-la fosse te ajudar a lembrar de algo. Não adianta: você não consegue se lembrar dessa senhora.

Você chega ao final da Lacroze com as chuvas de outubro sobre o cimento quente, às vezes fresco, nesse meio termo da primavera, e você percebe que já está mais perto. Falta pouco. Você fica nervosa de vê-lo, mas respira fundo e pensa que é necessário. Quando sobe no quarto 321, teu pai te olha de soslaio: sorri um pouco. Como pode. Você pergunta como ele passou a noite e teu pai responde que vai descansar melhor quando puder dormir sem os cabos. O observa a fundo e entende: está com um bigode de oxigênio, um soro no braço, uma sonda para urinar. Observa o emaranhado de cabos e se dá conta de como você dormiu ontem, tão bem e tão livre. Você sorri compassiva e se senta na poltrona das visitas. Teu pai balbucia em uma língua indecifrável e você concorda enquanto a camareira deixa o jantar sobre uma mesa com rodinhas. Você se oferece para dar comida a ele, mas ele não aceita: você observa a mão dele tremendo, se empenhando em alimentar essa boca que já pede tão pouco. Ele está esmirrado, consumido, titubeante, e você se esmera para encontrar um rastro qualquer que te diga que esse corpo que jaz nessa cama é o teu pai. Você o encontra nos olhos, onde se encontram as pessoas. Tua piada mal contada desperta um brilho no teu pai e para você isso já é o bastante. Até demais. A camareira retira a bandeja e você o olha esvaída, enquanto pergunta se ele vai conseguir dormir esta noite.

Você sai do hospital e dobra pela Elcano. As primeiras luzes do dia iluminam as mangueiras que os porteiros usam para limpar as calçadas. Você quer um café, mas passa por duas lanchonetes que ainda estão fechadas. Você se perde em alguma lembrança enquanto repete as palavras do teu pai: ande pela sombra. Ele sempre dizia isso, e ria tanto, ainda mais quando estava nublado. Mas hoje o sol brilha forte, porque é novembro e não há nenhuma nuvem. Respira fundo e dá uns passos apressados. Tua irmã faz aniversário hoje e você não quer faltar. Ela te cumprimenta meio perdida, como um fantasma, mas você sabe que está ali, que não foi fácil de chegar, então você olha para ela fixamente, como dizendo: sou eu, eu vim. Ela te deixa passar como quem deixa entrar uma corrente de ar. Você senta no sofá da sala e pede um copo com água: tô com sede, diz. Ninguém escuta. Você vai sozinha até a cozinha e abre a geladeira. A água parecia gostosa, mas quando você bebe sente um gosto ruim, de água rançosa. Não importa. Tá com muita sede e você acha que não está tão ruim assim. Você bebe mais dois copos antes de se despedir.

A noite chegou. São quase onze; o céu está baixo e refrata, sem querer, as luzes da cidade, como se uma fumaça retivesse um pouco de sol e o projetasse nessa sombra laranja. Você olha para essa cor e mergulha em um sonho dourado. Teus pés parecem flutuar sobre a névoa.

O portão está aberto, você fica feliz, tinha medo de chegar tarde, mas não: está aberto, como se estivesse te esperando. Cruza o portão e uma trilha de pedras vermelhas com bordas de margaridas brancas, e de bétulas entre as heras, e de álamos, e de pinos te acolhe. Segue caminhando, sobre a névoa, enquanto busca teu nome, até encontrá-lo. Você deita, devagar, sobre a terra suave, e está tão cansada que agradece, em silêncio, que te recebam assim, em um jardim tão calmo.

Este livro foi composto em Farfield para a Editora Moinhos, em papel pólen soft, enquanto *Libertação*, de Elza Soares, tocava no computador empoeirado. O livro foi impresso na gráfica Formato, em Belo Horizonte.

*

Era setembro de 2019.
O Brasil não vivia o seu melhor momento.